イザリに生まれて

林　幸子

もくじ

名前のない子

私は昭和二十三年十一月二十八日に生まれたことになっている。生まれたばかりの私を見た医者はその普通ではない姿に三日ももたないだろうと言ったらしい。長く生きると思われなかった私は、生後数年間、戸籍どころか名前さえなかったのだ。

歩けなかった私は周囲から「イザリ」と呼ばれていた。そしてイザリというのが私の名前だと思って育った。今は「イザリ」というのは差別的な表現だとして使うのは好ましくないらしい。でも自分の名前だと思っていた私はイザリと呼ばれても何の抵抗もなかった。母は私の命が続く限り精いっぱいの愛情を注ごうと思ったのだろう。母の庇護の下、私は差別されているとは一度も感じないで大きくなった。

そんな私の人生を語るにはまず母のタエの話から始めなければならない。

母の生い立ち

タエは三姉妹の長女として北海道の北の町で生まれた。タエの父親という人は働くということを知らない、いわゆる遊び人で、タエの母親が一生懸命働き、女手ひとつで家計を支えていたという。ところがその母親はタエが九歳の時に亡くなってしまったのだ。

タエは父親からいつも「お前は〝くされキャベツ〟だ」と言われていたという。使い物にならなくなったら捨てるという意味だそうだ。母亡き後、父親は自分の生活費を得るためにタエとすぐ下の妹を奉公に出すことにしたという。タエは秋田県で旅館をしていた父方の伯母のところに、妹も別のところに働きに出された。十年の約束だった。

賃金は先に父親に払われたため、旅館では小遣いもなく学校など行けるわけもなかった。その当時は囲炉裏で暖をとっていた。学校に行けなかったタエは、その炉端の灰の上に、火箸で字を書いては覚えたという。しかし、もしそれが伯母に見つかった時には「仕事をさぼって何をしている」と、足が腫れるほど、その火箸で叩かれたそうだ。旅館では冷たい水での雑巾がけから始まり、朝から晩まで働きづめの毎日だった。

「十年経てば家に帰れる、その思いだけで、どんなことでも我慢ができた」と当時のことを話してくれたタエの言葉がとても印象深く残っている。ようやく十年の奉公を終えて汽車に乗った時は、家に帰れるうれしさで涙がボロボロ出たそうだ。

タエが十年の年季が明けて帰ってきたのは十九歳の時だ。ところが家にたどり着くと、そこには見知らぬ男の人が座っている。その人が母の最初の結婚相手だった。父親から「この人と一緒になるように話をつけてある。もうお金ももらっている。そしてそのお金で後家（今でいうキャバクラ嬢である）を買って遊ぶ生活をする」と悪びれもせずに言われたのだ。タエにとってはゆっくりするとか、甘えるなんてことは本当に夢の中だけの話なのだった。満州で一旗揚げると皆が意気込んでいた時代だった。タエは帰宅した翌日には初めて会った夫と一緒に満州に向けて出発したのである。

タエの最初の夫は、まるで子どもみたいな人だったという。後先のことも考えず、自分一人で物事を決め、何を言っても聞く耳を持たなかったそうだ。タエはそんな夫をうまく手のひらで転がして、先々のことも考えながら三人の男の子を育てていた。満州に行って七年経ったころ、木材関係の仕事をしていた夫は、丸太の下敷きになって死んでしまった。その時タエのお腹には四人目の男の子が宿っていたのである。

それから一年ほどした昭和二十年に日本は終戦を迎えた。終戦になると、日本に向けて引揚げ船が出た。女と子どもはいち早く引揚げ船に乗り込んだ。皆が引揚げ船に群がり、人、人、人で溢れんばかりだったという。

タエの夫は戦死ではなかったため何の補償もされなかった。だから、最初、タエは満州に残るつもりでいた。しかし、周囲の皆は「とりあえず何とかなるから日本に帰りなさい」と言う。当時はロシア人のことをロスケと蔑んだ呼び方をしていた。「子どもたちをロスケの人間にしてはならん」とも言われた母は、ようやく重い腰を上げ帰国する決心をしたそうだ。

小さな子どもたちを四人も連れて引揚げ船に乗らなければならない。生まれたばかりの子を背中に背負い、離れないようにと、二歳、四歳、六歳の子どもたちをロープで自分の腰に縛り、船に乗り込んだ。

しかし、北海道に着いても自分が帰れるのはあの父親のところしかないと思うと絶望感に打ちひしがれた。もう子どもと共に身を投げるしかないと船の甲板に立ち、腰紐をほどき、子どもたちを抱きしめた。しかし、それを見ていた人から「それはしてはならん」と押しとどめられた。そして「四人もの子どもを抱えていては大変だろう。生まれたばかりの子どもは自分たちが大切に育てるから預けなさい」と言ってくれたのだ。

他にすべのないタエは泣く泣く一番下の子を手放すしかなかった。その人とはお互い名乗ることもなく北海道に着いたという。

そして私の父

タエは三人の子どもを連れ、実家を目指したが「終戦で食べることもやっとのところへ帰っても、何もできん」と言われ、途方にくれた。その時に紹介されたのが、私の父だった。私の父は結核を患っていた。結核といえば、当時は不治の病、今でいうガンのようなものだ。結核になれば家族とは一緒に住むことができない。結核患者の多くは、家から遠い馬小屋よりオンボロな所に寝かされ、そこに一日分の食事を親が運ぶ場合がほとんどだった。

皆が貧しかった時代の中で、私の父の家は少し裕福だった。タエの父親は、介護をしてくれれば子どもがいてもいいという話を聞きつけて、お前たちは口減らしにそこへ行けとタエに言ったのだ。タエは子どもたちに食べさせてやれさえすればいいという気持ちで実家の隣町に住む私の父のところに嫁いだという。

ところが、この男は他人の子どもには何ひとつやりたくないし、食べさせたくない人なのだった。兄たちは父の顔色を窺いながら暮らした。タエは夫が眠っている隙に、にぎり飯を握り、隠して子どもたちに食べさせた。もしそれが見つかれば子どもたちは袋叩きにあい、家の中にも入れてもらえなかったそうだ。

タエは自分の子どもたちを何とか育てなくてはと考えた。まずは寝床である。昔は葦を乾かして泥と一緒に混ぜて家のドロ壁にしていた。敷地には、その葦が、三角に積み挙げられていた。母はその積み上げたところから手を入れ、少しずつ開いて真ん中を穴状にした。そこが子どもたちのねぐらになった。タエはそこへこっそりおにぎりなどを運んだという。結核は栄養が必要な病気だった。父親はタエたちが普段は決して口にすることができないようなごちそうを食べていた。父からは食べ残したものは病気がうつるからみんな捨てるようにと言われていた。しかし、タエにしてみれば子どもたちには食べさせてやれないものばかり、もったいなくて捨てられなかった。父の食べ残したものは何でも食べたし、食べさせたという。

何とか生きていければいい、早くこんな地獄のような生活が終わってほしい、そう思った時、タエは葦でワラ人形を作り、夫に見えないところでその死を願い何度も釘を打ち付け始めた。

障害を持って生まれた私

冬はストーブをたくための薪を用意しなければならなかった。よく燃えるように乾かすため、軒下には割った薪が積み上げてあった。

ある時、ストーブの火のつきが悪く、「寒い、もっと燃える薪を上の方から持って来い」とタエは殴られた。その時タエは妊娠八ヶ月だった。大きなお腹を抱えて梯子に登り、一番上の乾いている薪を取ろうと手を伸ばした時、その積み上げている薪が崩れ梯子ごと真っ逆さまに落ちてしまった。お腹に木の根株が当たり、息もできないくらいの衝撃だったそうだ。

隣の人がそれを見て、リヤカーで診療所の高橋先生のところに運んでくれた。お腹の子をすぐに出さないとタエの命が危険な状態だった。今なら至れり尽くせりの病院でお産ができるが、そんな時代ではない。タエは陣痛を起こすために、柄杓の柄を口にくわえ、喉の奥へ押し込み、力みを与え無理やり出産したのだった。その時生まれた女の子が私である。生まれた時はとても小さく、背骨は折れ、右手は使い物にならない姿で出てきたという。タエは高橋先生から「一日二日ももったらいい方でしょう。心臓が動くうちは生きているのだ」と言われて私を家に連れて帰ったのだった。母も生まれたばかりの私の姿を見て、このままなら生きていない方がいいと思ったそうだ。しかし、父親はこんな身体に生まれてきても、やはり自分の子は可愛がったという。

その一方で、タエの連れ子である兄たちは日に日に暴力をふるわれたり、井戸に吊るされたりと、悲惨な生活をしていた。それからは母はますますワラ人形を打つ釘に魂を込めた。「死ね、死ね」と打ち続けたという。

そんな中、一番上の兄は霜焼けから身体にばい菌が入ってしまった。しかし、母がどんなに頼んでも病院には連れて行ってもらえなかった。熱が上がっても、冷やしてやることぐらいしかできない。母は何度涙を流したことだろう。冬だというのに、この北国で靴下も履かせてやれず、ワラで編んだ草履を履かせるのが精いっぱいだったという。一番上の兄は私の父の言いつけで何でもやらされていたのに、結局何の見返りもなく亡くなった。

母は決して口答えをする人ではなかった。だから実の父親に〝クサレキャベツ〟と言われても黙って聞いていた。しかし、その胸の内には多くの苦悩がたたみ込まれていたのである。父が亡くなったのは私が三歳になる少し前のことだ。父が死んだ時、母のお腹の中には弟が宿っていた。この父も自分の血を分けた息子の顔を見ることなく亡くなったのだった。父の兄妹たちはその死に涙を流したが、母は涙のかけらも出なかったという。そしてその時考えたことといえば、この子どもたちをどう食べさせていくかということだった。実家に帰ってもまた同じことの繰り返しになる。もう二度と実家には帰らない。そして誰にも頼らずこの子たちを育てていくと強く強く心に誓ったという。

母は父の両親に何の援助も求めない代わりに、その家に住み続けたいと申し出た。父の両親にしても孫に当たる私を路頭に迷わせるのは忍びなかったのだろう。そのまま住み続けることだけは認めてもらった。住む家があるのはありがたかったが、私たち家族はその日から食べるものにも困ることになった。学校にも行けず手に職のなかった母が得る収入といえば、畑仕事で手にした僅かな出面賃だけだ。それですべての生活を賄わなければならなかった。そんな生活の中で弟が生まれ、私は兄が二人弟が一人の四人兄妹となった。

当時住んでいたのは家といっても雨風がしのげるだけの掘っ立て小屋だ。母はドロ壁に新聞紙を貼り少しは家らしくしていた。しかし、冬になれば、雨、雪が吹き付け、新聞紙は風の動きに合わせて膨らんだり、壁に張り付いたりと波のような動きを繰り返す。そして最後にはバサーッと破れて垂れ下がった。それを見ても、母は何事もなかったかのように新聞紙を張り直し、笑顔を見せるのだった。

思い返しても母は決して弱音ははかなかったし、愚痴をこぼすのも聞いたことがない。よくやり繰りできたものだと今になって母の偉大さを思うのである。

かすかな記憶

私には遠い記憶の中によみがえるひとつの情景がある。私は母の暖かい背中に負ぶさっている。真っ暗な道を母は子どもと手をつないでひたすら歩いている。しかし、行けども行けども目的地にはたどり着かない。

私は大きくなってからその時のことを母に尋ねてみた。それは祖父が倒れたと聞いて、祖父の家へ向かった時のことだという。その家は汽車も一日一本ぐらいしか通っていないような村とも言えないような、辺鄙《へんぴ》な場所にあった。そこまで一日掛けて山坂山坂を歩いて行ったのだという。祖父は結局〝くされキャベツ〟と邪険にした娘に最期まで面倒をみてもらうことになったのだ。その時は倒れたといっても自分のことは何とか自分でできるぐらいには回復した。母はそれだけでほっとしたという。

そしてもうひとつ似たような情景を思い出す。母の背丈より高く伸びた葦原の中を母が歩いていく。毎日毎日歩いて踏み固められたそこには一本の道ができていた。その道を抜け、線路を歩き、鉄橋を渡りどこかの家へ行く。帰る時には明るくなっているので朝なのかとも思う。私は母の背中に負ぶさったままその家に着く。「ひとつ話し神の言うこと、聞いてくれ、明日のことは言わんでな、これがこの世の始めなり、なむ神のみこと……」とこの言葉は今も私の頭から離れることがない。私が学校に入る前の出来事だ。

小学校六年になった頃、これについて私は上の兄に尋ねた。それはある宗教の教えに従って、朝六時に太陽が昇る方にお参りし、夕方五時に太陽の沈む西を見てお参りし、一日を感謝し、自分の犯した罪を懺悔していたのだという。「一日か二日もてばいいでしょう」と言われた娘が生まれてから一年が経ち、二年が経った。母は毎朝五時くらいに私を背に、三年ほど毎日その道を通ったのだという。私を治したかったからではなく、こんな身体にしてしまったことを懺悔していたのだそうだ。

私が中学生になる頃にはその道には葦が生い茂っていた。それでも母が歩いた道の名残があった。私はその道をたどり線路を歩き、鉄橋を渡ろうとしたら足がすくんだ。その下は大きな川が流れ、覗くと今にも飲み込まれそうだった。普通の道で行くと町へ出るのには四十分もかかる。母は時間を短縮するためにこの道を歩いたのだった。

母が九歳のときに別れた妹たちは、そのまま家に帰ってくることはなかったという。母には妹を探してみたいなんてことを考えている心の余裕などなかった。自分の子どもたちを食べさせていくために、一日一日を生きるのに精いっぱいだったのだ。

戸籍ができた

私は死ぬこともなく、痛がることもなかったが、歩くことも立つこともできなかった。周りの大人たちからは、イザリがいると言われていた。しかし、母は人の目を気にしてなどいられなかった。とにかく自分の子どもたちを食べさせ、なんとか生き延びることに必死だった。母は農家の畑の草取りをして、一日の出面賃をもらっていた。

私は身体が小さかったので、いつもりんご箱に入れられて、畑の真ん中で母の仕事が終わるのを待つ毎日だった。兄たちは学校に行き、弟は母の働く周りで遊んでいる。私は名前がないまま、学校も行かず、そのまま年を重ねていた。私の足の股の付け根には膿を持った袋がぶら下がっていた。それが時々破れてダラダラと洗面器いっぱいの膿が出た。しかし私は、痛がりもせず、泣きもせず、ただ、りんご箱の中で母を待っていた。私にとってはそういう生活が普通だったのだ。兄たちは学校から帰ると、よく遊んでくれた。立てない私を立たせてみたり、歩けない私をホラホラと歩かせようとしたり、本当に楽しいわが家だったのである。

母の仕事先の農家のご主人が、いくら歩けなくても、生きているなら学校に行くことは義務であるという。でも私には生まれたことの記録さえもないため、入学の通知がくることはなかったのである。そこでようやく母は裁判所の門を叩いて戸籍を作ったのだ。だから記載されている生年月日が正しいのかどうかも実は定かではない。そして私には幸子という名前がつけられた。この名前には母の願いが込められているように思う。これでようやく戸籍の上でも私が生きているということになった。

二年遅れの入学

学校に上がる頃になると少しは歩けるようになった。少し腰を曲げ左手を膝について歩くその姿は本当に一こぶラクダによく似ていた。役所からの通知も届き、ほかの子どもより二年遅れで小学校に入学した。

一年、二年、三年と年数が経つにつれ、立って歩けるようになってはきたものの、それと同時にいじめにもあうようになってきた。学校の帰りは私をいじめようと何人かの生徒が石ころを持って待ち伏せをしている。大きい生徒から小さい生徒まで「おいおい、せむしが来たぞ」、「せむし、せむし」とはやし立てながら石をぶつけるのである。しかし、そこさえ通り抜ければ後はへっちゃらである。そこから先は畑が広がり、片方では馬が放され草を食む、そんな道がなんにもないわが家まで続く。

　私はいじめは苦にならなかった。自分の姿がほかの人と違うのだから、からかう者がいても当たり前だと思っていた。それを母に話したこともなければ、隠そうと思ったこともない。振り返ってみると、今まで生きてきて自分の姿を恥ずかしいと思ったこともなければ、そのせいで苦労したと思ったこともない。ごく普通のこととして受け止めていたのだ。

　学校からわが家の小屋までは少し遠く、私が歩いて帰るのには負担が大きかった。途中でよくこんにゃくの化け物のようにくたくたと歩けなくなり、息ができなくなった。低学年のうちは半分も学校に通えただろうか。

　歩けなくなるとリヤカーの登場だ。私が生まれる時に母を運んだあのリヤカーである。リヤカーに鍋、釜を積み、私を乗せ、家族みんなで診療所に行くのだ。私が歩けない間は診療所の一室が私たち家族の生活の場となった。母はそこでごはんを炊いて子どもたちに食べさせた。他の兄弟たちはそこから学校へ行き、母は私を高橋先生に託して仕事へ出掛けた。

　高橋先生は私が今まで生きていることが不思議だと言う。私は痛いわけでも苦しいわけでもなかった。息を止めて歩けばいくらでも歩けるが、ずっと息を止めているわけにはいかない。診療所にいても何の治療をするわけでもないが、高橋先生は働かなければならない母を思い、私を預ってくれたのだ。

歩けなくなる原因はわからなかったが、歩けるようになる時は、突然何の前触れもなく歩けるようになる。そうなるとまたリヤカーに鍋、釜を積んでわが家に帰る。そんな生活が繰り返された。学校の帰りに歩けなくなると、二人の兄が電信柱一本分ずつ、代わる代わるに負ぶってくれた。息を止めて歩けばトイレなど自分のことは自分でできた。これ以上息をとめていられなくなったら、カタツムリのように這えばよかった。そんな日常が当たり前のように過ぎていった。

活動写真の「安寿と厨子王」

私が小学校四年生の時、上の兄が手に職をつけるため住み込みで雇ってもらうことになり、家を出て行くことになった。この時初めて活動写真を見た。白い布に映し出された「安寿と厨子王」は五十年以上経った今でも鮮明に記憶に残っている。

会場へは家から四十分も掛けて歩いていった。途中で疲れた私を母が負ぶってくれた、兄、弟たちと手をつなぎ、家族皆で見た映画は後にも先にもこの一回きりである。帰りは夜空の星が空一面に輝き、月光が影をつくった。長くなったり短くなったりする影を兄妹で踏み合いながら歩く。踏み固められた道が沈んで周りより低くなり、水が流れ込んで小川となった。そこを蛍が光を放ちながら飛び交い、光の列が延々と続いている。それはそれはきれいな光景だった。はしゃぐ私たちを見て、何を言うでもなく、ただ笑ってみていた母の姿が今でも目に焼きついている。人間には悲しかったこと、楽しかったことなど決して消えない記憶があるものだ。しかし、私にはなぜか悲しかったり辛かった記憶がほとんどないのである。それだけ愛された記憶の方が勝っていたのだろう。それは七十歳に近いこの年にならなければわからないことなのかもしれない。

もう一度「安寿と厨子王」に会いたいと思い書店に聞いてみたら、インターネットで調べて取り寄せてくれた。本を開くと私の記憶そのままのストーリーが展開し、また感動を新たにした。

日常の食卓

あの頃のごちそうといえばカレーライスだった。母は何ヶ月かに一度はカレーライスを作ってくれたが、あっと言う間に鍋の底が見えてしまう。ご飯は麦と米を混ぜていた。カレーのときは麦が多く、学校の弁当はなるべく米のほうを多く入れてくれた。おかずは沢庵が四切れ白飯の上に載っているだけである。それでも弁当を持ってくることができない生徒もたくさんいたので何も恥ずかしくなかった。周りには両親がいてももっと貧しい人たちがいたのである。

母は畑仕事が終わると包丁を持って外へ出る。あぜ道には食用になる野草が生えていた。母はミツバ、セリ、フキ、ワラビ……、次々と刈っては背中の網かごに入れていく。かごがいっぱいになると四十分くらい掛けて村の何でも売っている商店まで持っていき、魚と交換してもらうのだ。そんなことをしているのは母くらいしかいなかったように思うが、私は家が貧乏だと思ったことはない。むしろ父親がいなくて良かったとさえ思った。母には生き抜く知恵とたくましさがあった。皆が貧しかったから、どこの家でも一生懸命働いていた。

そんな母の姿を知っていた私は学校から帰るとミツバ、セリ、フキなどを取っておくようになった。母は何も言わなかったがうれしそうな顔をして、背中にかごをヒョイとしょって、いつもの店を目指すのだった。母はよく鼻歌を歌って歩いた。帰ってくると必ずといっていいほどサバが入っていた。得意料理だったのか、サバの味噌煮もよくおかずに出た。カスベやガンジという魚もあった。魚の名前もそれで覚えた。今は高級魚となったそれらも昔はザッパ魚といって、とても安い魚だったのだ。これも時代の流れなのだろうか。不思議なものである。

母のガン宣告

私が小学校六年の時のことだ。その頃、母はよく食べものをもどしていた。仕事も休まず、昼となく夜となくよく吐きながらも働き続けていた。少し食べては吐く生活が何ヶ月続いたことだろう。

当時は兄たちは家を出ていたので、私と弟と母の三人暮らしだった。母を心配しながらも、子どもだった私はどうしていいかわからなかった。

日本が徐々に近代化していく頃だ。ボロ小屋にも電気が通り、ランプから電球に替わった。あぜ道は道路になり、日本も少しずつ発展を遂げていた。診療所も小さいながらも病院となっていた。

母を診察した医師から家族皆で来てくださいと連絡が来た。兄たちも休みを取り、家族皆で病院に向かった。そして、診察室で母も一緒にレントゲンを見せられ、食道ガンだと告げられたのである。私はその時は病名の意味するところはわからなかったが、大変なことが起きたことだけはわかった。医師が「大きな病院で手術を」と言った時、母は「手術など受けているいとまはない。子どもたちを食べさせて大きくすると決めた時と、今と何も変わらん。そんなことはせん」とはっきり答えたのだった。

私はまだ、深く物事を考えられる年齢ではなかったが、兄はもし母が亡くなったら、自分が妹と弟を見ていこうと思ったという。

食べては吐く生活がいつ終わったのか定かではないが、気がつけば母の病気は治っていた。今では、兄とあの時のガンはどこへいったんだと笑って話す。ガン宣告を受けたはずの母はその後、九十歳まで生きたのだった。しかし、私のすぐ上の兄は、後に五十九歳の若さで食道ガンでこの世を去った。

中学生時代

振り返ってみると、私は九年間の学校生活の中で一度も卒業式に出たことがない。中学の頃は、歩けなくなるのは年に一度位しかなかったが、その時期が決まって三月から四月、五月の中くらいまでだった。

私は通学にカバンを持ち歩くことができなかった。朝は母が仕事に行く途中に私のカバンを学校の木の下に置いていってくれた。帰りは同じところに私がカバンを置いておき、仕事帰りの母がまたそれを持って帰ってくれた。それ以外は学校生活に不自由はなかった。

中学校に入ると欲しい物が次々に出てきた。「買って」と言っても、母は首を横に振る。私は買ってくれるまで母に石をぶつけて歩いた。昔自分がされたことを今度は私が母にしていたのである。「金は持ってるくせに、このクソババァ……」と悪たれをついた。そんな生活が一年も続いただろうか。見るに見かねた近所の人が「幸子ちゃん、お母さんがかわいそうだよ」と声を掛けてくれたが、私は心の中で（ウルサイ、ババァ）と叫んでいた。

母は根負けして買ってくれたが、いつもお金は払わず「つけておいてね」と言っていた。それがどういう意味なのか私は知らなかった。買ってもらえさえすれば、それで満足していたのだ。

私と弟は年は三歳離れているが、私が遅れて入学したために学年は一年しか違わなかった。私が中学生の頃には、畑も機械化が進み、出面の仕事は減り、休みの日が多くなった。そこで母は土建の仕事をするようになった。母は自転車には乗れない。他の人たちは自転車に乗っていくが、母だけは歩きである。仕事場が近い時はいいが、だんだん現場が遠くなり、母は私のカバンを持ってとても早い時間に家を出るようになった。私が中二のとき、弟が友だちから古ぼけた自転車を譲り受けた。それからは弟が学校に行く前に母を自転車の後ろに乗せて送り、帰りは学校からまっすぐ母の働く現場まで迎えに行く日々が始まった。

大晦日に知った悲しみ

大晦日には一人一人の洋皿に口取りのタイ、エビの形のようかんとみかんがついた。家を出た兄たちもこの日ばかりは帰省し、一緒にオセロをしたり、トランプをしたり楽しいひと時を過ごすのだった。食卓には母がこねたうどんも載せられたが、いつも母の分はなかった。まだまだ子どもだった私はそれがなぜなのかわからなかった。当時大晦日に口取りがつく家が果たして何件あったのだろう。毎年出される口取りを見て、私は自分の家は金持ちだと思っていた。

ある年の大晦日のことだった。ごちそうを買いに行った母を家で待ってはいられず、お店に迎えに行こうと思いついた。母がお店に入っていく、そこへタイミングよく顔を出し、母を驚かせようと思ったのだ。予想通りにやってきた母が店に入った。さあ、自分もと思って覗いた店内で、思いがけないものを見てしまった。

地べたに頭をこすりつけ「今月はこれだけしか入れられないのです。どうかこれで今年も年を越させてください」と店主に頼む母。この時〝つけておいてね〟の意味がようやくわかった。「いいよ。また、つけて持って行きなさい」と店主はタイやエビの口取りを持たせてくれた。

この時の母の姿を今でも忘れることができない。私の唯一の悲しい思い出である。私にはこの後の記憶が飛んでいる。どうやって家に戻ったのか、どんな顔でその日を過ごしたのか思い出せないのである。

それ以来、私は夜中によく目を覚ますようになった。母は時に、ボロ布団を背に掛け、私たちのセーターや靴下を編んでいた。私は何も言わず眠ったふりをしているうちに、本当に寝てしまう。目を覚ますと、母の姿が見当たらない時もあった。そんな時は外を探すがどこにもいない。泣きながら母を待った。母は国有林からの一本道を薪をかついで戻ってきた。倒れた木を担げる長さに揃えて運んでいたのだ。いくら倒木でも国有林の木である。夜中でなければできないことだった。冬でも薪がなくて寒い思いをしたこともなければ買ったこともなかったのは、毎年こうして母が用意してくれていたからだったのだ。

それから私は夜中に目覚めて母がいない時には一本道をたどって母の後を追った。歩ける時なら何でもできる。母と二人で多少太い木でも担いで運び、家の裏に積み上げておく。弟は何も知らず眠ったままだ。

これをきっかけに、母のすべてが見えるようになった。なぜ母の分の食事がないのか、なぜ、なぜ……と考えていくうちに、そうしなければ生きてこられなかったのだということに気付かされた。

子どもたちの残した魚の骨をすすり、飯をかき込む、そんな母の姿を思い出すと涙が出る。私は食べたくない振りをして、何でも半分は残すことをこの時覚えたのである。

母は信心深くはなかった。神かもうな、仏ほっとけ、とでもいうように日常的に手を合わせることはなかった。ただ、みかん箱に阿弥陀を置き、お盆参りにお坊さんが来る時だけは供え物をする。神棚にも大晦日だけお神酒をあげるが、他はなにもしない。そんな母の姿を見てきたからか、私もまったく同じようにしている。そんな私だが、なぜか私の人生からは、神が離れていかないように感じる。振り返ると人生は神が決めているのではないか、そんな気がしてならないのである。

私は学校生活の九年間、運動会はいつも見学だった。学芸会のときは歌で参加した。歌で参加するのは家が貧しい子どもたちが多かった。服装が普段どおりでよかったからである。ただ、私の場合は歌しか出ることができなかった。

中三の時、合唱に出る人は詞を書くようにと言われた。その中から詞を選んで音楽の先生がメロディーをつけ歌うことになったのだ。その時私の詞が選ばれ、サビの部分は独唱した。今、思い返すと、いい経験をしたと思う。この時、母は先生から私をこの道に進めてみては……と勧められたそうだ。しかし、家にお金があるわけでもない。それに、またいつ歩けなくなるかもしれなかった。そうなれば遠い本州ではすぐ駆けつけられるはずもない。お金のことは兄たちが支援すると言ってくれたが、母は私の身体の方が心配だったようだ。結局私は地元に残ることになった。

その頃、中学卒業者は金の卵と言われ、ほとんどの人が就職した。上の学校に進んだ人は何人いただろう。成績がよくても生活が苦しく進学できない人もいた。卒業生は集団就職で上京したり、隣町の工場へ働きにいったり、引く手あまたで職がないなど考えられない時代だった。

しかし、私は同級生たちを横目に見ながら入院生活を送っていた。歩けるようになった時は皆卒業した後で家に一人でいるしかなかった。母がしていたように国有林で枝を拾い、ミツバ、セリなどを取ってみたり、小高い山に登り詞を書いたりしているうちに一年が過ぎた。弟も中学を卒業し、働きに出たので、母と私だけの生活となった。母は相変わらずどんなに遠くても歩くしかない。私は自転車に乗る練習をし、私が母を送り迎えする日々が始まった。

住み込み生活

毎日同じことを繰り返しながら生きている私と母の姿を見ていてくれる人たちもいた。年に一度とはいえ、歩けなくなるのは現実なのだ。そうなると母の送り迎えもできない。それでも母は食べていくために働かなければならない。自分が亡くなった後の私のことは兄に託していたようだ。そして、そのためには少しでも多くの蓄えを兄に残さなければと思っていたようだった。

母は私を一人で家に残しておくのが心配だったらしく、山中さんという家へ預けられたことがある。本当に数回のことだったが、よく覚えている。山中さんの家にはたくさんの子どもたちがいて、随分大家族なのだと思っていた。小さな部屋の中で怒られる子、言うことを聞かず叩かれる子など大勢の子どもたちがひしめいていた。

ところがこの子どもたちは、山中さんの実の子ではなかった。山中さんは親を亡くした子など困っている人たちを見過ごせず、一生懸命、皆の面倒をみていたのだった。私は本当に山中のおじさんが大好きだった。ここから巣立った人は大勢いるが、私もその一人である。

山中さんは一人一人が自立できるよう役所に働き掛けてくれた。障害があってもどんなことができるか考えて掛けあってくれた。

捨てる神あれば拾う神ありである。私は仕立ての仕事をすることになった。国と会社が契約し、一年間は国が会社にお金を払い、そこで働きながら技術を身につけるというシステムがあったのである。雇ってもらうためには診断書が必要だったが、その頃ピンピンしていた私は難なくクリアした。

本当であれば卒業と同時に職場に入るのだが、私が仕事に就いたのは卒業した翌年の十一月だった。空からチラチラと雪が舞い始めていた。初めて母の下を離れ、住み込み生活が始まった。寝場所は屋根裏部屋だが、わが家と比べると格段にいい。ちょっと天井の低い三人部屋である。他の人は頭がつかえ背を丸めて歩くが、私にはそんな必要がない。背の低さが都合のいい時もあるのである。

朝早く掃除から一日が始まる。昼は住み込みの人たちの食事の支度を手伝い、厳しくしつけられたものだ。そして昼食が終わると職場に戻り、小さな布切れを渡される。毎日毎日二センチほどの針を持つ練習から、マツリ、シツケ、チドリ縫いなどの練習である。母が恋しくて外を見れば雪が舞っている。少し暗くなると涙がこぼれた。窓に映る景色に昔の自分の姿を重ねながら一生懸命だった。

十二月三十一日は休みがもらえる。それを楽しみに一日一日を指折り数えて暮らしていた。ようやく帰省の時が来た。朝早く職場を出ても、汽車を乗り換え、乗り換え、故郷の駅にたどり着くのは午後三時頃である。母が駅のホームで出迎えてくれた。その日は兄弟たちも帰省し、家族皆で一緒に過ごした。楽しかった正月休みはあっという間に終わり、またそれぞれの職場に戻っていく。私は「もう行きたくない」とのどまで出かかったが、それをグッと飲み込んだ。この仕事で食べていかなければと思ったからである。帰りは汽車の中でも乗り換えの待ち時間でも涙がとめどなく流れた。このとき私は十九歳。奇しくも母が奉公を終え実家に帰ったときと同じ年だった。勤めて一年間は歩けなくなるということもなかった。

社会人への第一歩

一年間無事に勤め上げた私は会社と直接契約することになった。勤め先はその町では一番大きな洋裁店であり、従業員も五十名ほどはいたと思う。障害者もいたし、健常者も当たり前にいた。私は障害を持ってはいるが、自分自身では障害者だと思ったことがない。人の目には障害者と映るかもしれないが、私にとってはこれが普通の姿なのだ。

障害者の中には自分たちの古傷をなめあう者、いかにも苦労してきたように話をする者、大変だったことを認めてもらいたい者などいろいろな人がいるが、障害者だけが苦労をしてきたわけではない、健常者であっても、それなりにいろいろな人生を背負って歩んできているのだ。

私が出会った障害者には、人にやってもらって当たり前、という人が多かった。私は生まれつき障害があり、障害と共に成長したため、自然とすべてを受け入れられた。しかし普通の身体に生まれて突然障害を持つと、頭でわかっていても心ではなかなか現実を受け止められないのではないかと思う。

私が出会った中で本当に素晴らしい心の持ち主だと思った障害者は一人だけだ。交通事故で両足を失った義足のMさんである。Mさんは十八歳のときに事故にあったという。彼は自分の障害を嘆くこともなく常に前向きで明るかった。本当に強い心の持ち主だと感動したものだ。

私の勤めた大きな会社も就職して二年後には倒産に追い込まれた。その後、独立開業する者、別の洋裁店に勤める者など、皆それぞれの道へ進んでいった。私もいろいろな所から誘われた。その中で場所は遠かったのだが、尊敬するMさんを頼って次の就職先を決めた。しかし、そこは自分には合わず、一週間で辞め、元の町に戻ることにした。どうも私は障害者とはウマが合わないようだ。ケンカをするわけではないのだが、物の考え方がなじめないのだ。

当時は溢れるほどの仕事があり、「包丁一本さらしに撒いて……」の歌ではないが、鋏一本持てばどこでも雇ってくれる時代である。私はすぐに別の洋裁店に就職することができた。

一人暮らし

勤め始めてからの二年くらいは、歩けなくなることもなく、普通に暮らしていたが、ある日、背中の中心に近い左脇の方に苦しさを覚えた。ちょうど自分がなぜ突然歩けなくなるのかと考え始めた頃でもあった。痛くなるのは必ずと言っていいほど左側なのだ。

本当に歩けなくなる前にと、病院に行った。何件も回ったが、行く先々で医者は「それは再発だ」と言う。不思議に思い「事故が原因なのになぜ再発になるのですか」と訊ねても、どの医者も、「お前に何がわかる」とけんもほろろだ。もう二度と会いたくないと思う医者が多かった。今は、われわれが医者を選べる時代である。しかし、あの頃は医者が患者を選んでいたように思う。

私は歩けなくなる度に母に来てもらった。二人で身体の話をしたが、医者ではないわれわれにわかるわけがない。病院を転々とした挙句、病院探しは最後にしようと中央病院を受診した。もしこの病院で治らなければ、後は自然に歩けるようになるのを待つしかないと、心の中でつぶやいた。

ところがこの中央病院で本当に良い医師に出会った。吉田先生こそ真の名医である。私の話をよく聞いて受け止め、そして丁寧に答えてくれた。背骨には中心を走る神経があり、そこには髄液、早く言えば水のような物が流れている。左手だけを使うため、そこの筋肉が張り、その髄液を止めてしまう。背骨が折れている分、その流れも悪いので、背中が苦しいと感じたら、早めに身体を休ませてあげると良い。成長期は特に大変だったと思う。あなたの成長がいつ止まるかはわからないが、まだ少しは成長を続けているのだろう。成長が止まると同時に歩けなくなることはなくなるだろう、と丁寧にかみくだいて話してくださった。

そして、「背中が苦しく感じる時は身体を休ませてくださいね。今日はこの注射を背骨に打ちます。でも、いつもいつも打てるわけではないので、今日の状態をよく覚えて生活するようにしてください」と言われた。その注射は、先生しか打てない難しいもののようだった。注射を打つと、ほんの数秒だが、息ができないほど苦しかった。しかし、三分も経つと、それまでの苦しさが嘘のように消え、歩けるようになり、もう怖いものはないと感じたものだ。名医に出会えたことを母と感謝しながら帰宅した。その後は吉田先生の言ったとおりに経過し、突然歩けなくなるというようなこともなくなった。

吉田先生は今は亡くなってしまったが、私はこの中央病院が大好きである。素晴らしい医師に出会ったのは、生まれた時の診療所の高橋医師に次いで二人目であった。

当時、私は紳士服の仕立職人だった。しかし、一つのパーツを組み立てる専門で、裁断ひとつできなかった。自分のものさえ作れないのだ。

この時代は働くところがあれば、大勢の労働者も集まった。溢れるほどの仕事量だったのである。職場に通う人たちは皆スーツ姿。女の人たちはスカートやパンタロンで颯爽と通勤する。私はといえば、いつもゴムのズボンに上は伸びるセーターである。勤めていた会社は婦人服も仕立てており、洋裁学校出身の裁断師がいた。その人がお客の採寸をしている様子などを見て、やり方を盗んで覚えていったが、これが自分の身に付くには長い年月がかかった。

自分の服一枚作れないのではしょうがない、ただの仕立て業では将来がないと思い、本を買いあさり、勉強し始めた。独学である。縫ってはほどき、切っては合わすの繰り返し。料理人のようなものだ。作ってはやり直しの連続だった。

それが実を結び、人の服も手掛けられるようになった。日中は会社で仕事をし、部屋に帰ると自分のお客の物を仕立てる。人から人へと口伝で評判が広がり、とても忙しい毎日になった。多少は実入りもよくなる。私の部屋は人並みにタンス、テレビ、ベッドと徐々に揃えられていった。子ども時代に生活をしていた家からは考えられない暮らしである。でも、子ども時代の生活も私にはまた大切な思い出なのだ。昔があるからこそ、今があるのである。

これ程忙しく動き回っていたのに、なぜか歩けなくなることもなく、時は過ぎて、私も二十四歳になろうとしていた。根暗ではない性格が幸いしたのか、私には友だちが多かった。同僚の中には友だちは少なかったが、職場以外で様々な職種の友だちがいた。友が友へとつながり大きな輪になるように、グループで遊ぶこともあれば、一対一で交際したこともあった。食事をしたり、映画を観たりと楽しい日々を過ごしていた。

私の友は一人、また一人と結婚し、可愛いお嫁さんになった。「おめでとう」「幸せにね」が合言葉だった。私も結婚式には自分で作った服を着て颯爽と出掛けたものだ。

そんな友の中には家庭持ちの人を好きになる者、親に反対される者、かけおちしてしまう者たちもいた。しかし、彼らは結局は何ひとつ得られず、別れるはめになった。祝福されて結婚したのにも関わらず、数年後には別れてしまう人も後を絶たなかった。

そんな様子を見ていて、私は自分の身体が好きだと思った。私の身体ごと受け止める人はそうそういないであろう。一生分のお金がついているわけでもない。財産があるわけでもない。あるのはこの身体と心だけである。心が強く、何事にも屈しない人でなければ私との交際には二の足を踏むだろう。もし、自分が逆の立場なら、やはりそう思うからだ。

そんなことから私自身は結婚は考えたことがなかった。楽しく笑って毎日を悔いなく生きられればいいと思っていたので、よく遊んだし、よく仕事もした。

出会いと別れ

その頃、新しい五人グループができていた。私の提案で、五人で親のいない子どもたちが暮らす学園に慰問に行こうということになった。皆でお金を出し合い、オセロ、みかんなどなどを買い込み出掛けたのだ。

車で四十分くらいの所にあるその学園に着くと胸がドキドキした。本当に子どもたちは私たちを心から受け入れてくれるのだろうか。それとも……、不安がよぎる。エエイ、なるようになる、と覚悟を決め、私は皆に声を掛けて、学園の門をたたいた。その時の子どもたちの眼差しが今でもはっきりと目に浮かぶ。本当に人恋しい眼差しだ。子どもたちは私たちの腕にぶら下がり、時間を忘れて遊んだ。帰る時には子どもたちも涙、私たちも涙で手を振る姿が瞼に焼き付いている。その光景は昔、母と兄弟で一緒に見た映画によく似ていた。子どもたちには、また必ず来ると約束したのに果たせず、最初で最後の訪問となってしまった。

その後、このグループの中にいた二人が付き合い始めた。私たちは応援したが、親の反対にあい、一年半ほどで別れてしまった。そしてこのグループも自然解散となった。お互いに好きなのに一緒になれない人、反対を押し切って夫婦になる人、祝福されて結婚したのに離婚する人……、一体、何が正しくて、何が間違っているのだろう。私は数多くの友と出会い、様々な人間模様を見てきた。そして、その後私も、友と似たような立場になり、同じような苦しみを味わうことになってしまった。

私はグループの中にいた隆に私の友だちを紹介したが、二人はうまくいかなかった。お互いに好意を持てなかったようだ。私は隆に悪いことをしたと思い、「映画でもおごるわ。一緒に観に行かない」と誘い、当時流行っていた「エクソシスト」を観に出掛けたのだ。次の日は日曜日。実家に帰ると母に告げていた。その頃の母は兄夫婦と同居し、孫の世話をしていた。嫁姑といろいろなことはあっただろうが、母はそれなりに幸せに暮らしていたと思う。

映画が終わったのは、夜十時過ぎである。車を止めてあるところに行き、「またね」と言ったまでは良かったが、隆の車のタイヤが四本ともペッチャンコである。誰かがいたずらしたのだろう。大きな釘が刺さっていた。大損害だ。夜も遅いし、帰るに帰れない。仕方がないので私の部屋に泊めることにした。といっても純粋に寝場所を提供しただけだ。私は朝一番のバスで実家に向かい、隆は車屋が開いたらパンクを修理して帰ることになった。グループで遊んでいた仲間なので、隆は私の実家がどこにあるのか知っていた。

夕方、隆から実家に電話が来た。「迎えに行く」「いい、遠いから」と断ったが、迎えに来てくれた。それからである。何となく一対一で会うようになり、ドライブに出掛けたり、映画を観たり、食事をしたりとごく普通の交際が始まった。私は以前と変わることなく友だちとしか思っていなかった。隆は私より二歳年下だったが、私たちはあまり年齢のことは意識したことがなく、つき合おうという話も、別れ話もしたことはなかった。だから、隆と結婚しようなどとは考えたこともなかった。私が二十五歳で隆は二十三歳だった。

二人の付き合いが、隆の親の耳に入ったのであろう。ある日突然、私の会社に隆の親類の人が怒鳴り込んで来た。言いたい放題で、理屈も何もなかった。聞くに堪えない言葉の数々は、例え理不尽なことだとわかっていても傷つくものだ。私はその時の気持ちを整理したいと思い、会社に二、三日の休みをもらった。

社長が心配して母に電話を入れたようで、母と兄が私の部屋を訪ねて来た。そこへ偶然にも隆がやって来たのだ。私は何も言わなかった。沈黙が続く中、ようやく兄が口火を切った。「妹のことは何も心配しなくて良い。自分の道を歩いてくれ。妹のことは俺たちがついているから心配はいらない。これがあなたのためであり、妹のためなのだ」と言うと、隆は去っていったのだ。

兄は「お前がどれだけあがいても身体では人並みにはなれないのだ」と言う。そんなことは言われなくてもわかっている、と心の中で叫んだ。自分でもわかっているだけに辛かった。そして兄の言葉は私の心に深く影を落としたのであった。兄はさらに続けた。「でも同じものもある。心は皆と同じだ。その心を自分の身体と併せて他の人と同じにすることができるのだ。同じ人間になれるというのは、身体の部分を心で埋めるということだ」。その言葉には迫力があった。そんな兄が誇らしくもあった。

そんなことがあってからは縁談もあり、二、三人の人とお見合いもした。私は障害者であるが、お見合いの相手は皆、健常者だった。私には背負う物が多過ぎる気がし、すべてお断りをした。

私はまた以前と同じように、昼間は会社、夜は家でお客の仕立物と毎日忙しく過ごしていた。

私の住んでいたアパートは少し高台にあった。当時のアパートといえば、共同トイレ、共同流しが普通である。だが、私の部屋は二間続きでトイレも流しもついていた。部屋代は少々高いが私は満足だった。

この部屋には友だちもよく遊びに来た。ある時、カレーライスを作ってごちそうした。友に「何でカレーに長天が入っているの……」と聞かれた。私はカレーには長天を入れるものだと思っていた。友の一言で一瞬にして、母は肉など買えないから長天を肉の代わりに入れていたのだ…と悟った。私は「あっそうか、間違った。ごめんごめん」と笑った。

私の部屋には大体のものは揃えられていた。電話もつけていた。その当時、電話というのは、何万もする権利を買い、やっと取り付けられるものだった。昔住んでいた家でできなかったことが、自分の働いたお金でできることが誇らしかった。

逆戻り

隆が去ってから半年経った頃、突然彼から電話がかかってきた。その頃の私は男友だちも多く、車の窓から「ヨォ」と声を掛けられることも多かった。そうして立ち話をしている光景を隆はよく見ていたようだ。電話口で「元気だった」「何してた」とたわいもない話をしているうちに「映画でも観ようか」と隆から誘われた。映画に行く約束はしたが、私は二度と以前のような思いはしたくなかった。だから最初に隆には他の友だちと変わらない関係ならいい、それ以上でもそれ以下でもない、それでいいならとことわりを入れた。隆もそれを受け入れ、何ヶ月かが過ぎた。

私は隆が見合いをすると言っても気にならなかったし、うまくいくといいねと笑って話していた。なのに、私が他の男友だちと話をしていると隆は怒る。そんなのおかしい、自分はいいのに私はダメだなんて、また以前に逆戻りだ。私は友だちにお願いして隆に話してもらった。友だちは、お互いに納得して別れて、今はただの友人として付き合っているのに彼女の自由を束縛するのは変だと思う、などなどと隆に話してくれたのだった。

その頃、私のアパートの右隣の部屋には私より二歳年上の山下さんという人が住んでいた。顔を合わせるとあいさつする程度のお隣さんである。アパートは入退去が激しいが、山下さんもその部屋には長く住んでいたから、気に入っていたのだろう。私は無理して疲れすぎないようにはしていたが、夜遅くまで仕立物をしていた。山下さんは普通の会社員らしかったが、残業で帰りは遅いようだった。だから帰り道に私の部屋の明かりが遅くまでついているのをよく見掛けていたのかもしれない。アパートへ続く坂道の途中にはケーキ屋があった。山下さんは、ごくたまにだがケーキを差し入れてくれることがあった。私は「ありがとう」と受け取るだけだったが、そんな関係が何年続いただろう。

そうこうしているうちに私は二十七歳を迎え、隆は二十五歳になっていた。隆は私との将来を考え始めているようだった。でも私は隆と一緒になることなど考えてもいなかった。そして二人はただただ同じ話を繰り返した。「俺、やっぱりお前と一緒になるわ」「そんなことできない」「いや、俺、親を捨てる」「ダメ、ダメ。そのことをお母さんに伝えたの」「いや、言ってない。親戚は、また前の女のようだという話をしているらしいが……」。

私が話さなかったので、彼の親戚が会社に怒鳴り込んできたことを隆は知らない。隆は十九歳の時父親を亡くし、親といえば今は母親一人である。それでも大人になるまで両親はいたのだ。なんだかんだといっても、それほどの苦労はしてこなかったはずだ。そんな隆と一緒になってもうまくいくとは思えなかった。私は正直に自分の気持ちを伝えるしかなかった。「私は一緒になる気はないよ。私、このアパートを引っ越して、一軒家を借りようと思っているんだ」「なんで」「仕事場を広くしたいし、今は二間の中に物がぎっしり。ここでは机の上が狭くて仕事をするのが大変だから」「じゃ、それをきっかけに俺も家を出るよ」「ダメよ、そんなこと絶対にダメ」。そんな話をした後、私は一人で生きていくために仕事部屋のある一軒家を借りた。ところが、隆はそこへ身体ひとつで転がり込んできたのである。

引っ越し荷物を運んでいる時、お隣の山下さんが「どこへ引っ越すの」と声を掛けてきた。そして初めて「お茶でも飲まない」と誘われたのである。喫茶店で待ち合わせをし、いろいろな話を聞いた。山下さんは母一人、息子一人だが、母親が障害者であることなど、いろいろと語ってくれた。自分のありのままを受け入れてくれそうな人がこんなに身近にいたのだと初めて知った。山下さんとは満足に言葉を交わしたこともなかったのだが、彼は私のことをよく知っていたようだ。話す言葉の一つ一つが胸を打った。しかし、時既に遅しである。家には隆が転がり込んでいるのだ。私は今までのお礼を述べ、さようならと言うしかなかった。帰り道は涙がとどまることなく溢れ続けた。

新しい家に住み始め、私は忙しく毎日がまわっていた。隆の仕事場は彼の実家の近くである。わが家からは片道三十分くらいの車通勤であった。私は、いつまたあの親戚の人が来るかと、心が休まる暇がなかった。そして案の定、親戚の人は実際に探し当ててわが家にやって来たのである。その時はうまい具合に隆もいた。「お前、親を捨てるのか」「うん、捨てる」。それを聞いた親戚の人は、今母親が住んでいる家をどうするのか聞いてきた。それは父親が亡くなった後に隆が二十五年のローンを組んで建てた家だった。それまでは今にも潰れそうな家を借りて住んでいたそうだ。「あの家は弟にやる。夫婦で働けばあと十九年だ。そして自分のものにすればいい。母に孫をみてもらいながら、二人で働いていけば払っていくことぐらいできる」「お前が頭金を出して建てたのに、それでいいのか」「いい」。私はこの時、以前兄に二人は別々の道を歩んだ方がいいと言われたことが脳裏をよぎったのだった。

成り行きでの結婚

私たちの結婚は本当に愛のある結婚だったのだろうか。今、改めて思う。若いということは、愛も恋も区別がつかない。隆は家を捨てると言ったが、家財道具はもちろんのこと、隆の弟が引っ越してくるまでの実家のローンも隆が払わなければならない。すべて隆の口座からの引き落としである。隆は母のミツと二人で働いていたというが、ミツは何をしていたのだろう。そんなことを聞くのは悪い気がしたので私は口をつぐんだ。どんな親であっても親は親である。私たちは一緒に暮らし始めたが、竈は二つになった。私たちは借家住まいだが、隆の実家にかかる何もかもすべてを払っていくのは私たちだ。私は吉田先生と出会ってからは至って健康である。仕事はいくらでもあったので、生活費を賄うために徹夜をして働きづめに働いた。

私の兄弟は皆結婚式を挙げて家庭を持ったが、私は一緒に暮らし始めただけだった。もし式を挙げたら、と想像したら笑ってしまう。背の低い私が花嫁衣裳を着たら、まるで七五三だ。隆は籍を入れるとミツに電話をしたのだが「お前は騙されている。籍など入れると傷が付くからダメだ。目が覚めるまでそうやって暮らせばいい」という声が電話口から聞こえてくる。その家のすべてを誰が払っているのかと私は思うが、隆は至って単純だった。自分の収入から引き落とし、残った分で生活すればいいという考えだった。口は親任せ、尻は便所任せである。それなら誰でもできる。家庭を持つという意味を隆はわかっていなかった。隆は腕のいい左官職人だったからそれなりの収入はあった。しかし、二人の生活だけならまだしも、二軒分の生活費を隆の収入だけで賄うことはできない。

それでも私は隆に感謝したのである。兄が「どれだけあがいても身体では人並みになれないのだ」と言った言葉が脳裏から離れなかったからである。この頃からは夜寝る間も惜しんで働いた。それは神様が与えてくれた試練だったのかもしれない。

この時は身体的には何一つ苦しくなることもなく、いくら疲れていても嘘のように回復した。成長が止まったのかもしれないと思った。そういう暮らしが一年ほど続いた後、弟夫婦が隆の実家にやって来た。ホッとした。これでやっと今の状態から開放される。しかし、そんな安泰も長くは続かなかった。ミツと弟夫婦の同居がうまくいかなかったのである。二ヶ月ももっただろうか。弟夫婦は違う地を求めて去ってしまった。もとの木阿弥である。

ちょうどその頃私は妊娠の兆候があったのだが、隆には話していなかった。こんな苦しい生活を何年続ければいいのかと考えると答えが出なかったからだ。お金がない、大変だと言うと隆は怒り出す。私は腹が立ち、兄から言われたことなど脳裏から消えてあらゆるものをぶちまけた。その時背中を蹴られ、歩けなくなってしまった。

どうしようもなくなった私は、以前の注射をしてほしくて名医である吉田先生のところへ行ったのだ。私はしばらくぶりにお会いする吉田先生に、まさか蹴られたとは言えなかったので、妊娠しているかもしれないと告げた。吉田先生は妊娠しているならその注射はできないからと、カルシウム剤の注射をしてくださり、左わき腹のところに電気治療をすることになった。そのため治るまでには少し時間がかかった。

息を止めて食事の支度をしたりするのは前と変わらない。以前は自分のことだけでよかったが、今度は違う。私は随分考えたが、子どもができていることが私を留まらせている。私は決心をしたのだ。この子を産もう、と。夫も変わるのではないだろうか、親となるのだから。そんな一縷の望みを抱き、子どもができていることは告げず、私はこんな同棲生活など望んでいない、結婚できないのなら別れてほしいと話した。隆はミツに電話したが、返事はダメだの一点張りだ。なぜそんな言葉が出るのだろう。その家のローンは誰が支払っているのだ。そのせいでお金が足りずけんかになり、働けど働けど、暮らしは楽になるどころか最悪の一途をたどっている。

私は隆にお腹に赤ちゃんがいることを伝えた。三ヶ月は過ぎたであろうと思ったからだ。私はもうこんな生活はしていられない。病院にも行きたい。籍も入れてほしいと話した。

隆から、今度の日曜日、着替えを取りに行くとミツに電話をしておくようにと言われた。ただし、子どもができていることは言うなと言って彼は出掛けていった。その頃の私は人を疑うことを知らなかった。ただ、隆に感謝したのである。そして、何事も正直にありのままを受け入れられる自分に育ててくれた母に感謝したものだ。

私はふと、子どもの頃過ごしたあのボロ小屋のドロ壁に、何十年も貼られていた紙を思い出した。色褪せてもはがすこともなく、はがれるとまた米粒で貼っていた母の姿が思い浮かんだ。その紙にはこう書いてあった。

強く正しく、にこやかに
上見て進め　下みて暮らせ
真剣の前に不可能なし
論で負けても行いで勝て

笑う笑顔は福となる
進んでやるのが上の上
まねてやるのが中の中
言われてやるのが下の下

その後、私は自宅のトイレにもこの言葉を書いて掛けた。母がそうしたように、読むも見ざるもその人が感じ取るものである。わが家に掛けてあるこの紙を見る度、自分の人生のさまざまなひとコマが思い出されるのである。

出産か中絶か

私はミツに電話をした。「今度の日曜日、着替えの服など取りに伺います」。ところが「冗談じゃない。あんたみたいな人が来たら、恥ずかしくて町も歩けなくなるから、取りに来るなら夜中に来い、着替えは渡してやる。私もあんたの家の敷居を跨がないから、あんたも家の敷居を跨がないでくれ」と言われたのだ。それでも私はそれが当たり前なのかもと思った。私は隆に言うなと言われていたのに、お腹の中に赤ちゃんがいるから、籍を入れたいと言ってしまった。「バカ言ってるんじゃないよ。どんな子を産むつもりだ。認めない。始末しろ」。そして「隆だって目が覚めれば、お前を捨てるのだから」とフンと鼻で笑われた。悲しかった。障害をもつということは、これほどみじめな目に遭うものなのかと感じた。本当にクサレキャベツ並みである。でも私は屈しなかった。一人ででも育ててみせると思った。のうのうとその家に住んでいられるのは誰のおかげなのだ。あなたの息子がすべてしていると思うのは大きな間違いだ、とそう叫びたかったが、結局最後まで口にすることはなかった。

隆は私の決意を聞き、ミツと争って戸籍を取り、私の会社の社長が保証人になり婚姻届を出して初めて正式に結婚したことになった。私が姑からどんな言葉を投げつけられたてきたか、そして結婚後もクサレキャベツ並みに扱われてきたことを、隆には一度も話したことがない。そしてその後、九十歳まで生きた姑を結局最期まで私が面倒を見ることになるのである。私がどんな気持ちで過ごしてきたかを隆は一切知らないと思う。口をつぐむのも、私は母に似たのかもしれない。

私は子どもは産まれると思っていたので、検診日など事細かな説明を聞きたいと思い、以前受診した産科を訪ねた。すると「産むことは無理ですよ。その身体では無理です」と告げられたのだ。今から四十年も前のことだ。医学もそれほど発達していなかったのだろうと、今なら思える。それでも諦め切れなかった私は受け入れてくれる産科を求めて次々と受診した。中には聞く耳さえ持たない医師もいたが、どの産科も答えは同じであった。その時の産めないんだ、というなんともいえない脱力感に襲われたようにボーっとした記憶が今も残っている。

隆に話したら、お互い好きなことをして暮らせばいいと言われ、どういう意味に取ればいいのか考えてしまった。でも最後には、お腹の子には悪いが始末するより仕方がないと思った。処置をするなら何も知らない所の方がいいと思い、今まで受診したことのない産科へ行った。どんな時でも隆が付き添ってくれることはなく、いつも自分ひとりである。

その産科を受診した日は院長が学会に出席のため休診となっていた。診てくれた副院長が「院長に診てもらってから決めましょう」という。「院長も僕と同じ見解だと思いますが、明日、学会から戻られますので、その時処置の用意などして受診されたほうが良いかと……」と言われた。私もこの病院で処置することに決め、次の日、すべて用意して再受診した。

院長の答えも副院長と同じであった。「そうですね。このお腹の中で子どもが育っていられるのは四、五ヶ月ぐらいですね。その頃にはあなたの方が苦しくなり、お腹の中には入れて置けなくなりますね。このあたりで赤ちゃんを出したとしても助かることはないですね。長くなればなるほど一日一日と赤ちゃんは成長し、あなたが苦しさに耐えられなくなってからでは悲しみも大きいのでは」と話された。確かにそうであると思いながら私の口をついて出たのは「やってみなければわからないのでは」という言葉だった。「そう思うなら、あなたの好きなようにしていいですよ」「今度の検診日はいつですか」「自分が来たい時に来てください。だいたい今ぐらいの時期なら月に一回ですね」。少し光が見えた気がした。

そして四ヶ月に入った頃の検診で心音を聞くことになったが、医師は心音が聞こえないという。赤ちゃんというのは皆同じような形で母親のお腹におさまっているので、だいたいそのあたりに聴診器を当てるのだが、私のお腹からは聞こえないという。あちこち探った結果、ようやく「あった」と先生が言った場所は横腹の後ろのほうだった。先生は「苦しくないですか」「はい、苦しくないです」「正直に言いますね。このお腹の中で赤ちゃんが育っていくということは、お母さんの座高が短いから、赤ちゃんが小さいまま伸びきれず、片方の手足は満足につくかもしれないが、もう片方は正常な位置につかないかもしれませんよ。そしてまた、あなたが苦しくて持ちこたえられなくなった時は、赤ちゃんよりあなたを優先するしかありませんよ」と話された。「そんな子は産みません」考えるより先に言葉が口をついて出た。何の根拠もないのに、なぜそんな言葉が出てきたのだろう。その当時は医師の言うことは絶対であり、もし医師の言うような子どもだったら……と考えるのが普通ではないだろうか。でも私は先生の話は右の耳から左の耳で、脳裏には不安はまったく浮かばなかったのだ。それからも私は余計なことは何も考えず、仕事をし、検診へと行き、七ヶ月を迎えたのである。隆にも医師から聞いたことは話さなかった。私には自分の子は大丈夫という確信のようなものがあったのだ。

それからの私はいわば実験台のようなものだ。私のような妊婦の出産は、もちろん扱ったことがなかったのだろう。一週間に一回の検診。苦しいと思うとすぐ実母のタエと話をさせるなど至れり尽くせりだった。それでも私のお腹は本当に小さく、誰も妊娠しているとは思わなかったようだ。七ヶ月の終わり頃、先生は入院で様子を見ていきたいし、何かあったらすぐ対処しなければならないと言うので入院することにした。この時も私一人ですべてのものを用意して病院に行った。看護婦さんは「お一人ですか」とびっくりした顔をする。私にしてみればいつものことなので、なんとも思わなかった。土日は何回か家に帰ったが、それ以外は病院で過ごした。

臨月が近づくにつれ本当に苦しくなってきた。ただ寝ていても、お腹に寝巻きが当たるだけで電気が走るようにピリピリする。お腹の周りに何も当たらないように手で押さえて休む。母が様子を見に来ても恐ろしくて私のお腹を見ることができないという。小さなお腹が真っ黒でぴかぴかでこれ以上お腹の皮が伸びることができないほど伸び、マリモ羊羹のように針をピッと刺すと今にも割れそうだと言う。私には自分のお腹はあまり見えなかった。

出産の顛末

そして九ヶ月目に入った。母が家を行ったり来たりして面倒を見てくれた。入院中は夜となく昼となく何人もの医師が私の身体を調べに来る。やっと眠りについたと思った時に起こされたこともあった。また、お金のやりくりも大変だった。普通分娩ではないので保険はきくが、それでも生活費がかかることには変わりがない。姑は夫の食事の世話には来ていたが、私の病院には一度も来なかった。夫とどんな話をしているのか想像がついた。

出産が病院の手術日であれば割増料金はかからない。私はその日に自分の出産を合わせようと考え、二、三週間前から計画を立てていた。先生が回診に来た時に、「もうもたないから二十日にお願いします」「苦しいですか」「はい」「もう少し待てませんか」「待てません」

本当に今考えてもおかしくて笑ってしまう。この日までの二、三週間は本当に苦しくて早く出てほしいと思った。隆に電話し、十月二十日の九時から手術になるからと伝えた。隆は私が入院している間には一回しか病院に来なかった。医師から「あなたの手術は少し大変ですので、十日間くらい誰かについてもらってください。子どもは健康であってもどんな状況であっても日赤（日本赤十字病院）に搬送します。そして、今後、子どもができないように処置をしましょう」と言われた。私は納得した。

その前日に母が来た。「お金は大丈夫」と聞かれ「大変だから貸して」とお願いした。その頃の母は同居していた兄の子どもたちも学校に入ってそれほど面倒を見なくてもよくなっていたので、海で働いていた。働いて得た収入は自分の小遣い分を少し抜き、後は兄夫婦を助けていた。そんな少しばかりの自分の小遣いを持ってきてくれた。十万円ほどもあっただろうか。本当にありがたかった。

そして手術当日になった。私は産科での入院も長かったので、妊婦さんやいろいろな人と知り合いになっていた。私の病室は皆、出産経験があり世話好きな人たちがいる部屋だった。「大丈夫だよ。切る時は麻酔が効いて何も痛くないし、赤ちゃんも見られるし、安心してね」と皆に励まされた。他人でもこんな心遣いをしてくれるのに、わが夫は姿を見せず、姑もしかりである。

当日は日赤の車が病院の前で待機し、私の手術の時は病院中が人、人、人の黒山の人だかりだったそうだ。そんな中、私は平然と手術台に上がった。皆が教えてくれた。痛くはない、子どもが見られないわけでもない、大丈夫と自分に言い聞かせた。でも不思議だったのは、手術室に院長、副院長がいるのはわかるが、それ以外にもたくさんの白衣を着た医師たちが私の頭の前に立っていたことだ。「これから注射を打ちますね」と院長の声。皆からは腰に打つと聞いていたのに、私は肩に打たれた。部分麻酔だから、何でもわかると思っていたから気にも留めていなかったが、赤ん坊の顔が出てギャーと声をあげたと同時に全身麻酔をかけられたのだ。後は目が覚めるまで記憶がない。私は何も知らぬままベッドの上である。先生の声は聞こえるのだが、目を覚ますことができない。身体をゆすられ、ホホをたたかれ、やっと目を覚ました時は、大勢の人が私の周りを取り囲んでいた。先生は「もう大丈夫」と言ってホッとした顔で病室を後にした。

私は名医と出会えたことに感謝している。その後、この手術は学会で発表され、病院には患者が殺到し、院長の住宅まで患者のベッドが運ばれるほどになったそうである。

麻酔から覚めた私の目に母は映るが、夫と姑はいない。生まれたのは男の子で、夫と姑は日赤の車の後を追っていったと、母が話してくれたので隆もミツもいない理由がのみ込めた。病室の人たちは「まずあなたが元気にならなくてはダメだよ」と励ましてくれた。他人でも心配してくれるのに、隆は私のことなど何も考えていない。姑はもちろん考えてくれるような人ではないことは私も知ってはいたが、子どもができれば変わるかも……と期待した自分もいた。夫は私の病室に戻ってきて、子どもは見られなかった。ただそのひと言を残して帰っていった。優しい言葉などないんだなと思うより、見たものだけがすべてで何も考えないのだこの人は、と思った。

ミツが病室になど来るはずもない。医師からは大きな手術なので他の人よりは入院日数もかかると言われていたが、私は一日も早く退院したいと思っていた。もう自分のことだけである。一日長くいればそれだけ費用もかかる。私は「縫い目は絶対にはずれないのですか」と尋ねた。「今日切って今日歩いても大丈夫」という返事に、次の日から自分でトイレに行き、傷口を手で握りしめて歩いた。想像をはるかに超える激痛と、うずきで大声を出したいほどだった。でも看護婦さんはなるべく早く歩いた方が治りも早いと言う。私は早くここを出て仕事をしなければと必死だった。私の面倒を見てくれている母も疲れてきているようだ。私のベッドの下に敷物を持ってきてほしいと隆に頼んだら、持ってきてくれたのは座布団一枚だった。そんなところで横になり壁に頭をつけ、ウトウトするだけの母は見ていられなかった。母の家までバスで一時間はかかるであろう。私は大丈夫だから、家に帰ってゆっくり休んでと言った。母に大丈夫かと聞かれたが、私は大丈夫と笑いながらベッドの上で見送った。母はまた来ると言って帰っていった。

携帯電話などない時代である。連絡と言えば、手紙か家庭の固定電話だ。他の入院患者のところには入れ代わり立ち代わり、夫や母や姑が来て笑いながら話している。それなのに、私のところには誰も来ない。皆が見ていないところでは、涙が溢れ、孤独感に襲われた。私は人を笑わせるのが得意だったので、病室の人気者だった。でもそれは、隆とミツには通じなかったのである。とにかく、心を強く持たなければと思った。見掛けは女であっても中身は男になろうと決めた。皆の前ではいつも通り冗談を飛ばしながら、退院の日までを過ごした。

先生は日赤と毎日連絡を取ってくれ、わが子の様子なども知らせてくれた。息子には進と名付けた。赤ん坊をどのように育てていくのか、手探り状態だ。私の身体への負担がわからないからと、この病院では注射で母乳を出ないように止めてしまった。先生がそうした方がいいのではと判断し、私もそれを受け入れたのだ。

病院には患者が増え続けていた。医師から「あなたは強い人だから明日退院していいですよ」と言われたのは手術から六日目のことである。「その代わり無理しないように過ごすことを約束ですよ」と言われた。私は、退院したら仕事ができるからラッキーだと思った。二竃になってかれこれ三年である。私の貯金も底を尽き始めていた。私は病院から隆に電話して退院する旨を伝えた。次の日の朝早く姑が現れた。「退院だって」と聞く。これから支度をし、退院手続きをしてからだから昼前には帰れそうだと答えた。ミツは「孫の顔を見るのではなく親の顔を見に来ることになるとはね……、冗談じゃないよ、まったく」と捨て台詞を残して帰ってしまった。

病院への支払いには三十万円ほどかかった。母から借りたというよりいただいたと言った方が早いあの十万円は本当に助かった。私は母にどれだけお金を借りたことか。借りたと言えば聞こえがいいが、もらったのだ。返すあてなどなかった。

私は一人でタクシーに乗り、わが家に帰ってきた。もう、どこにもお金がない。働かなければならない。私は子どももできたし、今度は竈を一つにしてミツの住んでいる家で一緒に暮らし、もう少しは楽な生活をしたいと考えていた。しかし玄関に入るなり、先に帰っていたミツから「親が元気になって帰ってきて孫はどこにいるのやら、やってられん。私は息子の食事の支度をしに来ただけだ。後はあんたがしてやりな」と、私の身体を気遣うこともなく、さっさと帰っていった。私はミツの言葉に背筋が凍った。そして私はこの時、もう夫が建てた家に住むことはないと心に決めたのである。

私は退院したその日から、手で傷を押さえながら、隆の食事の支度をはじめ、家事すべてをしなければならず、そして仕事もである。まだ傷口がうずき、大変な毎日であったが、子どもが病院にいることが救いだった。

退院して四日目のことである。進のいる日赤から電話が来た。「退院したなら十時と三時にお乳を飲ませに来てください」。病院でお乳を止める注射をしたので、と話したが、それは知っていたようだ。「あなたはミルクの飲ませ方やオムツの取り替え方などわからなくて、子どもが退院しても大丈夫なのですか」と言われた。それもそうだと思う。「はい、明日から行きます」と答えた。私は母に電話をした。母がオムツを作り、赤ん坊の肌着などを買って兄と一緒に来てくれた。そんなことすらもわからない私に子どもなど育てていけるのかと思った。

本当にわからないことだらけである。私は心底母がいてよかったと思った。兄は隆と一緒になると知った時も何も言わず語らずだった。ただ見守る親兄弟なのだ。

私はふと、自分はなぜ医師の言葉に耳を傾けなかったのだろうと思った。医師の言葉というものはより強く頭に残るものだ。母のようにガンと告げられれば、ガンだと思い悩み苦しむものだ。なのに、私の頭の中には何一つ医師の忠告が残ることなく、子どもを産んだのである。そして、生まれた後になってから、今さらのように先生のあのひと言ひと言が蘇ってくる。もし、障害をもって生まれてきたとしたら……、いろいろな思いが交錯する。この話をもし夫と一緒に聞いていたとしたら、またはそのことを私が話していたら、息子はこの世にはいなかったであろうと思う。そして私も母と同じく何も語らずなのである。私はこの時ほど運命を感じたことはない。私にはこの先にもいろいろと運命と思える出来事が続いた。

母から気遣わし気な電話が来た。心配を掛けたくない。「大丈夫」と笑って答えた。自分のことだけでも精いっぱいなところに翌日からは進のいる病院に通わなければならない。夫の食事の支度など家事すべてをこなしたうえに仕事である。まず、夫を送り出し、家事を終わらせ、進のいる病院へと向かう。傷口が揺れるたびにうずくので、初日はタクシーに乗る。それでも揺れると傷口が解けそうな感じで痛かった。退院して十一日目のことである。

息子との初対面

病院に着くと新生児室には、たくさんの子どもたちがベッドの中にいた。生まれたばかりの子もいれば、保育器に入っている子もいる。自分の子はどこなのかな……。「すみません、林ですが」と声を掛ける。「はい、林ベビーです」。連れて来られた進のあまりの小ささにびっくり。これって助かるのかな……。他のベビーは、しっかりとした顔に見え、とても大きく見えた。生まれたときの体重が書かれている。先生は小さかったが元気と言っていたが、こんなにも他の子と違うものかと驚いた。他の子よりちょっと小さいだけだと思っていたのだ。我ながら単純だと思った。病院では、すぐにいろいろと説明される。その説明が終わると、もう違う子に手を掛ける。そうだ、私の子どもだけではない。一人にずっと手を掛けている暇など、看護婦さんたちにはなかった。

言われたとおりオムツを換え、ミルクを飲ませ、飲む前と飲んだ後に体重計に載せて計らなければならない。私は身長は一三〇cmにも満たない。体重計は少々高いところに備え付けである。自分の力で進を持ち上げたり下ろしたりできそうにない。誰かにお願いしようと、そっと周りを見渡したが看護婦さんが見当たらない。仕方がないので自分でやってみる。私は右手に力が入らない。途中まで持ち上げたところで、進を落としそうになった。もう一度抱え直して、出来るだけ左手で持ち上げるようにするが、あと一歩のところで体重計には届かない。もう一度、もう一度……、何回も何回も挑戦し、やっとできた時には汗まみれになっていた。

三時の時間は用事があることにして休もう、明日からのことを考えなければならないと思った。そのときはタクシーに乗って帰ってきたが、毎日タクシーではお金もかかるし大変だ。それでなくてもローン代だけでも二人で働いた給与の三分の二以上が出て行く。子どもができればますますお金がかかる。そして進の体重を計る場面を思い出し、パニック状態になった。

そんな時、若い頃一緒に遊んでいた昔なじみの沼田さんが、日赤の近くのマンションに住んでいることを思い出して電話してみた。運よく沼田さんが電話に出た。私は今抱えている困難を率直に話し、相談した。沼田さんは「私今仕事辞めて新しい職場を探すところだから、一緒に行ってあげていいよ」と言ってくれた。それからは私は日赤の近くの彼女のマンションまで自転車で通った。自転車でも日赤までは四十分ほどかかる。あまり使えない右手で傷口のある腹を握り締め、左手にハンドルだ。辛かったけれども、友の温かさの方がその辛さを忘れるほどありがたかった。

沼田さんは進が退院する二ヶ月あまりの間、体重計に乗せ、降ろすためだけに日々を費やしてくれたのだ。百日の時に息子を写真屋さんで写した。その時写真に写ってはいないが、後ろで息子を支えているのも沼田さんである。また、ここでも、捨てる神あれば拾う神ありである。

私は夫や姑には恵まれなかったが、人にはよく恵まれた。考えてみれば、私もまだ若い時、困っている友にお金を貸したり、自分のできることは、なんだかんだとやってきた。貸したお金が戻ることがなくても、どうしてと思ったこともないのだ。借りた方はずっと返さないことを苦しんでいるだろう。貸した方はもうとうに忘れているものだ。あの人はどうしているだろうと思うだけなのだ。きっと良いことをすれば、その人から返ってこなくても、また違うところから返ってくる。人生は自分ひとりではないってことなのだと思う。私は若い時からお金は残さなくてもいい、食べていけるお金があればそれでいいという考えだった。

進は二五〇〇グラムとなり退院した。日に日に大きくなる進のオムツ換えも小さいうちはあまり動かないが、だんだんと手足を動かし始める。右手は力が入らないが、オムツを取るにも何をするにも両手が必要だ。しかし、進はこの親の下に生まれたことを知っているかのようだった。進の右足を私の肩に掛け、左足を自分の立ち膝の上に乗せて力の入らない右手で押さえる。そんなオムツ交換の時にはこの息子は動くことがない。オムツがはずれるのも早かった。毎日仕事場の横のソファに寝せ、目覚めた時に、いつも私が見えるようにと工夫した。

ミツは人のためにはお金を使いたくない人のようで、こちらの暮らしぶりもいつも見て見ぬふりだ。しかし、あれほど出産に反対したのに、進が病院から退院するなり、顔が見たいからとバス代を掛けて一週間に一回は必ずといっていいほど、来るようになった。一晩泊まるため、私の仕事部屋を片付けて布団を敷くのだ。その日は仕事は休まざるを得ない。私は、心の中では来ないでほしい。「私もあんたの家の敷居を跨がないから、あんたも家の敷居を跨がないでくれ」と言ったのはどこの誰なんだと思うが、なんだかんだといっても隆の母である。気を遣いながらその日を過ごす。

実母のタエは隆と一緒になってから家に来たのは一回だけである。その代わり電話ではよく話した。愚痴を聞いてくれるのもタエである。

家計は苦しかったが、私はその時住んでいる近くに土地を求め、家を建てる決心をした。ローンを組むため銀行を当たる。私はその時初めて夫、世帯主という言葉の重みを知った。銀行からご主人と一度話をと言われ、今度は夫を連れて銀行を訪ねる。私がいろいろな話をすると夫はうなずくだけで、私が「話すことや聞きたいことがあれば話しなさい」と隆に言う。銀行の人が「いやいや奥さん、息子さんもそんなこと言われても困っているようですよ」と言う。私は思わず男になる。「息子ではなく、夫です」。「あっそうですか、すみません……」と。隆は大人であって子どもと同じだった。それでもローンを組むには〝夫〟が必要なのだった。二人の収入で土地のローン、借家のすべてを賄わなければならない。働けど働けどわが暮らし楽にはならず、最悪な一歩をたどる二竈の生活がそれから五年ほど続いた。

相変わらず家にはお金がなかった。しかし、隆は自分の小遣いを使い果たすと、いつでももらえると思っている人だった。だからお金がないと言うと、殴る蹴るで、なけなしの金も持っていく。その頃は賭けマージャンをしていた。人に誘われると金があろうがなかろうが断らなかった。

ある時、本当に明日の食べものにも事欠くような大変な時に「金くれ」が始まった。「ない」と言うと私の財布を広げて確かめ、「どっからでも借りてこい」と怒鳴る。私は仕方なく近くの友だち夫婦のところへ借りに行ったことがある。でも友だちにも隆のこんなことは言わなかった。こういう話ができるのは実母のタエだけだった。

私は土地のローンが重なり、さらに生活が苦しくなっても隆には言えなかった。買うと言ったのはお前だろう……と言われそうだったからだ。それに「金がない」と言う言葉は隆にはタブーなのだ。私はこの頃から隆の食事だけテーブルに出すようにした。進はミルクである。自分のものは隆の残したものでも良いと、もし残り物がなければ漬け物だけでも飯は食べれるのだ……と考えた。そんな生活が続いていても、隆がそれを不思議に思うことはなかった。

活躍した乳母車

茶の間を挟んで両側に寝室と仕事場である。時間がくればミルクを飲ませ、また仕事である。ときおり左側の苦しさを感じる時は進に添い寝して休む。唯一の睡眠である。進も六ヶ月、七ヶ月となれば予防接種を受けなければならない。そんな時もタクシーなど使ってはいられない。ゴミステーションにあった乳母車を拾ってきた。それに進を乗せて保健所まで歩いた。四十分はかかったと思う。私の家からは少々遠かったが、選択肢はそれしかない。その乳母車といえば日差し避けもなく、タイヤも小さくちょっとした段差や小石にさえも車が動かなくなる。今のようなアスファルトの道は少なく、砂利道が多かった時代でもある。私は汗だくになり、保健所に通った。しかし、進は小さな小さな子どもである。何時間もあの狭い乳母車に乗っていたら子どもなら飽きてしまうだろう。日差しが燦燦と照る中、息子の額から汗が流れている。しかしこの時もぐずりもせず泣きもしなかった。ただその乳母車に乗り、まっすぐ前を見ている。私はその様子に何度涙を流したことか。でも私はその時も、この私から生まれてこなければ……などとは思わなかったのだ。この息子はこの親から生まれてくる運命だったのだと思うと、汗だくになりながらのこの道も必要に感じたものだ。

そんな進も八ヶ月目には歩行器に乗っていた。これももらい物だ。しかし、これはいい物だった。進が自分の好きなところへ行ける。

その頃、進は私の裁ち台が気に入っていた。進をその上に上がらせ、目の前におもちゃを与え、仕事をしていた。一瞬のことだった。進がおもちゃに手を伸ばした時、私は燃え上がるアイロンで進の手を引いてしまったのである。私は慌ててタクシーを呼び、近くの病院へと向かった。「このやけどの痕は残りますね。とても深いので、二、三日は痛がって大変かと……」と言われた。多少痛みをやわらげる注射を打ってくれたが、効果は三、四時間くらいだという。毎日通うことになるが、毎日タクシーを使えばお金がかかる。しょうがない、また拾い物の乳母車で通うことにした。

私は帰るなり、今日のことを母に電話した。タエはいつもただ、黙って聞いてくれた。この時も隆が帰ってきたらお前に辛く当たるのではないかと心配してくれたが、私はそれはないと答えた。なぜなら、人の痛みなら百年でも我慢できるものだ。隆は人の痛みのわかる人ではなかった。ただ、自分が満足であればそれでいい人なのだ。

包帯でぐるぐる巻きの進を見て、隆にどうしたと聞かれた。私の説明に「う～ん」と言っただけだった。私は進が痛がり泣くだろうと思っていたので、夜もおちおち仕事ができない。隆は平然と寝ている。たとえ進が泣いたとしても、私では負ぶってやることも長い時間抱いてあやしてやることもできない。不安な夜を過ごしたが、その心を知ってか知らずか、進は痛がることもなく、泣くこともなかった。今も進の手にはあの時のやけどの痕がくっきりと残っている。

進が八ヶ月の時に実家に行くことになった。私の実家にはお盆とお正月だけしか連れて行ってもらえない。外で遊ばせてもいいように乳母車も積んだ。タエは乳母車を見るなり、どこかへ出掛けて行った。しばらくすると、庇のついているタイヤの大きい乳母車が配達されてきた。母が見かねて買ってくれたのだ。涙が溢れた。

朝、隆を送り出すとタエの買ってくれた乳母車で進と散歩に出掛ける。行き交う学生たちを目で追い、愛想を振りまいてくれる人たちに、うれしそうな顔をして笑みがこぼれる進。息子にとってはこの時が一番の楽しみだったかもしれない。散歩から帰れば、後は家の中で一人遊びである。私は仕事がある。私には公園デビューなどする余裕はなかった。

里親に登録

お隣の東さんの奥さまから「遅くまで明かりがついているようだけど、いつ休むの……」と聞かれた。東さんは私が仕事をしているのは知っている。忙しいことも、そして仕事を運んでくる会社の社長が出入りしていることもだ。私は昼間子どもと一緒に休むからと笑ってごまかす。家庭内のことは言いたくない。どんな人にでも大なり小なりいろいろなことがあるものだ。この東さんの家庭にもそれなりにである。それは目に見えるか見えないものなのかの違いである。

東さんには子どもさんが二人いたが、一人の子が障害を持っている。大変長いお産で、そのために手足に障害が残ったとのことだ。しかし、奥さまは明るく、大変だということなど微塵も感じさせない人だ。東さんは障害の子を通していろいろな訓練施設にも通い、幅広い人脈のある人であった。その東さんから里親の話が出たのである。

「えっ、子どもを捨てていく人もいるのか……」と素朴な疑問が湧いた。いろいろな事情を抱えている人、また行き当たりばったりで子どもを産んでしまうなど、わが子を育てられない人がいるのだ。そんな子どもたちがいることが私には驚きであった。私は母親という人はタエのような人のことだと思っていたからである。

私には子どもは一人だけだ。東さんだって、他の人だって、皆二人三人と育てているではないか。私ももう一人ぐらい育ててやれるかも……と意外と軽く考えていた。経済的に大変なことや、隆のことなどその時の私の頭にはなかった。隆に話すとあっさりいいよと言う。普通はよく考えて結論を出すものだろうが、私も隆もあまり深く考えずに里親会に入会した。私のような障害者が里親になることも珍しいが、実子のいる人が里親になることは難しく、子どもが欲しくてもできないという人たちが里親になるケースが多いと聞いた。私は何が何でも里親になりたかったわけではないので、どちらでも良かった。何においても単純だったのだ。そして北海道知事から里親証明書が送られてきた。昭和五十五年、進が一歳五ヶ月の時のことである。

仕事は二刀流

生活は相変わらずであり、隆の生活態度も変わることはなく、金、金、金に追われる日々である。ミツは進のことは大変な可愛がりようだ。ふと隆が子どもの時はどうだったのだろうと考え始めた時、違和感を覚えたものだ。自分を第一に通すところは、ミツは私の父に良く似ていると思う。進はミツが来たらとても喜んだ。自分の思い通りになるからである。外へ行くと言えば外へ。遊べといえば言ったとおりにしてくれるミツ。子どもにしてみれば天国である。帰る時は後を追って泣いたものだ。そして私は他人だから、これが血なのかと思った。

私の友だち夫婦に進より一歳年上の女の子がいた。その古着をもらい、私は進に着せていた。赤であろうが青であろうがスカートでなければいいのだと思っていたし、別に小さいうちはわかるわけではない。その友は、なるべく男児でもいいようなものを選りすぐって持ってきてくれた。ありがとうと受け取る。でもそのことで私はミツが来るとよく叱られた。「一人息子になんて格好だ。古着ではないか。まして赤い服とは何を考えてる」と怒鳴られる。お前には言われたくない、と心の中で叫んでいたが、それでも私は何も言い返さず、頭を下げた。

私は紳士服の下請けをやりながら、自分の顧客の婦人服を仕立てていた。二刀流である。婦人服のお客さんが来ると、採寸だけして、すぐ帰すというわけにはいかない。コーヒーの一杯も出し、話をしてもてなす。これが経営者とお得意様である。それで仕事の時間がつぶれる。下請けはそれがない。持ち運びをしてくれるからである。納期通りに上がっていれば次の仕事と入れ替えになる。数をこなせばよいだけで、ひまだれがないからこの方がお金にもなる。

私は少しずつ婦人服の方から手を引き始めていった。長年の顧客は、簡単には断れないが、新しいお客さんが来ると忙しさを理由に断り始めていた。下請けだけになると数をこなさなくては収入にはならない。本当に一日一日を生きるのに精いっぱいである。

十二月といえば何より忙しい時である。そんな時は引っ張りがいる。引っ張りというのは背広ならその一着を一人で作るのではなく、二人で一組になり仕上げていくことだ。そうすることにより能率が上がり、枚数も多くできるのだ。社長から十二月の一ヶ月間会社に来てもらえないかと頼まれたが、進がいる。社長は進がミツに懐いていることを知っていて、ミツに進を見てもらえないかと打診された。ミツには一ヶ月七万円を支払うという。ミツは何をしているわけでもない。六十歳で年金をもらい、一人食べるだけである。あとの経費や、家のローンの支払いは私たちだ。ミツは二つ返事で引き受けた。私のところで食べれば食費もかからず、進に会うために通うバス代もいらない。私は本当は嫌だと思っていたが、この会社の社長には随分と世話になっている。隆との婚姻届の保証人にもなってくれた人だ。一ヶ月間だけだと思い承諾した。ミツは金はもらえるし、孫は思いのまま、食事の支度も自分でしなくていい、一石三鳥だと思ったであろう。次の日からミツはこの家で暮らすことになった。

幻と消えた職場復帰

始まった職場復帰は楽しかった。いつもの私に戻れる時間となった。口を動かして手を止めていたら、手を動かせ……とよく怒鳴られたものだ。しかし、私は口八丁手八丁である。皆と笑いこけた。もともと楽天家なのかもしれない。社長からは、お前が男だったら、とてつもなく大きなことをやってのけるか、地獄を味わうかの二つに一つだろうな、女だからそこで留まっていられるのかもなと言われた。

職場に通い始めて三日目のことである。会社にミツからすぐ帰ってくるようにと電話が入った。隆の姉の勝恵が倒れたのだという。勝恵は離婚して一人暮らしであった。入院を余儀なくされ、ミツがつくことになったのだ。楽しい職場復帰もわずか三日で幕を閉じた。私は会社にもこれ以上迷惑を掛けたくなかったので、例えミツが帰ってきても会社には通わず、今までどおり自宅で仕事をすることにした。そして、私の代わりに、障害者ではあるが勤められるかもしれないと思った知り合いの夫婦を、会社に紹介した。夫婦ではなく夫の祐二さんだけが会社に通うことになったと報告を受け、私も何かの役に立てたと思ってホッとした。

勝恵の入院は二ヶ月あまりとなった。ところが勝恵が退院したら、ミツはこう言ったのだ。「あんたの会社の社長はうそつきだ」「なぜ」「七万円くれると言っただろう」。びっくりした。約束は一ヶ月だ、三日ではないと口先まで出てきたが、また、ここでも言葉を飲み込んだのである。契約は履行して成り立つものだ。なんて人だ。私は背筋が寒くなった。この時ばかりは私も支払わなかった。その頃からそれまでどんな時でも抱いていた隆への感謝の気持ちが少しずつ薄れ始めていった。この親にあってこの子ありなのかと思うようになっていったのだ。そう思うと同時に息子のことを思った。この親にしてこの子ありにだけはしたくない。二人の間の子である。

進はやけどをした時も、あの乳母車で燦燦と照りつける日差しの中でも何も言わず、私の小さい時に良く似ている。タエは私の小さい時は何の苦労もなかったと言う。痛がりもしないから悩むこともなく、ただ働ける一日一日を何よりも大切に思っていたと言う。

二世帯同居を決意

隆は相変わらず金をせびる。隆とはお金のことになると口争いが絶えない。「なぜそうわからないの」といつも聞くが、返答は「うるさい、さっさと金を寄こせ」だけだ。そんなある日、古着をくれた友だち夫婦が遊びに来た。私たちは仲良しで何でも話す仲だった。何気ない世間話を皆でしていた中で、生活やお金のことも話題に上るのは自然なことだった。ところが、自分に関わる不利な話になると隆の顔色が変わる。「生活をしていくことって大変だよね」。というのは普通の会話であろうと私は思うが、金のない話など隆のプライドが許さない。こいつは何でも話しやがってバカにしてるのか、とその友だちのいる前で私を殴る蹴るが始まった。友が慌てて隆を止めた。友はびっくりしたようだが、何事もなかったかのように帰っていった。

私は友が来ても、夫の職場の人が来ても何も話せず、ただ笑いを振りまくしかなかった。いい振りこきのみったくなしとはお前のことを言うのだと心の中で思い、それからは隆を見る目が変わっていった。

自分の働いた金でどれだけのことができ、どう家を守っていくのかやってみれば、と隆とは何度も口論をした。でも、ずるいのか、わかっていないのか、後は知らんふり。そしてまた同じことを繰り返す。

しかし、一歩家を出たら別人になるのだ。お隣さんや近所の人たちからは、あなたのご主人優しいでしょう。頭も低く、いつも笑顔で、あなたのこと大事に思ってくれる人でしょう、とよく言われたものだ。「馬には乗ってみよ。人には添うてみよ」という諺がある。見た目だけでは何もわからないということだ。

私はこの頃は、苦しくなることもなく、本当に仕事に没頭していった。紳士服の下請けも三社ほど入れていた。隆に蹴られそうになる時は左側をかばい、避けるのもうまくなる。

私は二つのローンと借家の支払いとで先の見えない生活に疲れ果てていた。こんな二竈生活も早八年になろうとしていた。私はこの時期、タエにどれだけお金を借りたことだろうか。借りたと言えば聞こえがいいが、実際にはもらったのだ。母は働いて働いて、お金は子どもたちのために使い、自分で何かを楽しむこともなかった。子どものためだけに生涯を生きた人である。姑とは対照的だった。切羽詰まった私は、隆に前の家を売って銀行の残債を精算して、買った土地の所に家を建てようと話した。家を売れば、私たちが建てた所にミツが来ることになる。わが物顔ではいられなくなるだろうと思った。そんな道理が通る人ではない……という思いも頭をかすめたが、私は楽になりたかった。そして、この話をミツにするのも隆ではなく、「お前がしてこい」である。

私はバスに乗り、ミツに会ってその話をした。ミツは、一軒の中でもすべてが別であれば良いと言う。私は二竈のように作ることを約束した。後にそのことがよかったのである。銀行を当たるのも隆ではなく私である。前の家の価値を不動産業者に査定してもらい、少しでも残れば、今のところの土地のローンを終わらせたいと話した。土地のローンも残り少しだったので、残債も整理できた。しかし、ミツは家を守ってきたのは自分なのだから、家を売ったお金は少しは自分もらわないとなあと言うのである。何を守ってきたのだ。ただで借家に入っていたようなものである。自分が何を支払っていたのだ、クソババアと言いたかったがこの時も何も語らずだった。残債を整理した残りが二十万円ほどあったが、ミツに手渡した。そして昭和五十八年、住宅金融公庫などにローンを組み、二世帯住宅を建てた。進は五歳になっていた。

ミツとの同居

ミツは孫と一緒になってとてつもない可愛がりようだった。ドアを挟んでミツの流しと台所があり、そして戸を挟んで部屋がある。進は遊び相手ができて楽しそうだった。

私はもっぱら家事と仕事である。私は家を一つにすれば楽になるだろうと思っていた。しかし、生活費の面では何も変わらなかった。建物も大きく、二竈のように建て、ローンの返済額も今までと変わらない。左官職人の隆の仕事は日給月給で、雨が降れば休みになり、冬は失業である。雪が溶け、やっと仕事が始まったと思えば、またすぐ冬が来る。冬は本州へと出稼ぎに行く人もいたが、隆は決して行かない。私は働き詰めの毎日である。隆は休みだからといって家事を手伝うわけでもない。男が台所に立つものではないというのが当たり前の時代で、私もそう育ってきた。だから隆は冬はただマージャンをしたり、賭け事をしたりで終わってしまう。

でも子どもにとってはどこにでもいる普通の父親だ。腕の良さは誰もが認めていたから、その点では自慢の父親でもあった。それが私が別れようと思わなかった理由の一つかもしれない。人間すべてが備わっている人はいないのだ。良いところもあれば、悪いところもある、それが人間だ。ともすれば自分は悪くない、すべて相手が悪いと思いがちだが、それはただ、自分のことが見えないだけなのだ。

経済的には冬が何より大変だった。一軒の中に、すべての物が二つ必要になる。かかる経費は二倍だ。隆は金、金と持っていくので夏の間に冬の分を蓄えることもできない。交際費を払うのも私たちだった。ミツは金は出さず顔を出すだけだ。私たちは口争いが絶えなかった。そんな時でもミツは聞こえないふりをし、口は出さない。生活費を入れることなど考えもしない。私たちがどんなに苦しい生活をしていても知らんふりだった。

ミツは若い頃、年金をつけるために木材工場で働いていた。一緒に住み始めたのはミツが六十五歳のときである。当時十万円ほどの年金をもらっていたが、ただ自分のために使い、私たちの窮状には目もくれない。暖かい部屋で暖を取り、自由奔放な生活を送っていた。

隆の父はミツより十歳ほど年が下だった。隆の父方の兄弟たちには学校の先生もいれば、大きな会社の経営者もいる。皆立派な人格者たちだった。ミツは隆の父の両親に結婚を反対され駆け落ちをしたのだという。その父親は四十四歳の若さで亡くなっている。私はその原因はミツにあったのではないかと感じ始めていた。十歳も若い夫を持ち、自分の思うままにしてきたのだろう。あまり飲めない酒を飲み、その酒のビンを夫に投げつけたという。隆の父は酒に溺れて行き、肝臓ガンでこの世を去ったとのことだ。

隆の子どもの時の思い出といったら、遠足の日でも仕事に行かなければならないから弁当を作る暇がないという母に代わり、二歳上の勝恵が作ってくれた弁当を持っていったこと、いつもボロ靴をはいていたこと、いつもケンカをしていた父と母の姿、そんなことしかないと言う。私は母や人に愛されて育った分だけ人を愛せるのかもしれない。そう思った私は、これから想い出作りを子どもと一緒にして行こうと考えた。こどもの日に合わせて、なけなしのお金をはたいて阿寒ホテルに宿泊した。進も隆も楽しそうだった。こんなことが隆に一度でもあったのなら、心の持ち方も違っていたのかもしれない。

そう思っても〝三つ子の魂百までも〟である。その後も隆は何も変わらなかった。ミツもそうである。この自分のことだけしか考えないミツとの生活に耐えられる人など、そうそういないだろうと思った。私はだんだんと人を見る眼が養われ、隆を見る眼も厳しくなっていった。

この頃私は健康そのものだったから、よく働き、よき家庭を守るを心掛けていた。ミツは私のところへ友だちが来ると聞き耳を立て、友だちが帰ると、「そんなに遊んでいる暇があるのかね。隆が一生懸命働いてあんたに金をみんな使われてかわいそうなものだ」と嫌味を言った。ミツと暮らすようになってからは、何か言われるたびに腹が立ち、毎日がイライラの連続でストレスが溜まっていった。だからといって、こちらの言いたいことを言ってしまえば、それですべてが終わってしまう。

家庭内暴力の恐怖

そんなある日、また隆の「金くれ」が始まった。小遣いはきちんとあげているのに、これ以上どうすればいい。もう限界だった。「そんな金などどこにある」。返事もついつい男っぽく乱暴になる。「なら自分でやりな」と支払いするもの、ローン代の通帳など、放り投げた。隆は「何、このやろう」と、殴る、蹴るは当たり前、テーブルはひっくり返す。私が楽しんでいた大好きな花を鉢植えごと、投げつける。家の中は豚小屋状態どころではない。家の中一面、廊下側の方まで物が飛び散った。私は何で謝らなければならないのかと思いながら、泣き泣き「もうわかったからやめてやめて」と叫んだ。それでも腹の虫が収まらなかったのであろう。事務用の重たい回転椅子をふり上げ私に向かってきた。私はとっさに逃げた。進は自分の身の危険を感じたのか二階へ逃げていく。そうだ、まだ私を助けなければならないとは考えられない五歳児である。その椅子は座卓の上に叩きつけられ、座卓は真っ二つに割れた。

ミツはそんな光景を見ても止めようともせず、そのものの溢れた廊下を歩いていく。何なんだ。隆は車でさっさと出掛けていく。私は泣き泣き進とその片づけをした。進も意味はわからなくてもこんな光景が頭の中に残っているだろう。私は進に訪ねたことはない。私はタエに電話した。愚痴を聞いてもらわなければ自分ひとりでは処理できずにいた。タエはこう言った。

隆は私の兄の父親によく似ているという。お前の父親ではないのにな……。タエも子どもを背負いながらよく働いたという。

隆は左官職人としての腕は一流だったが家庭の中はぐちゃぐちゃだ。自分が一番大事で、家庭も何もあったものではない。外では一流の職人で、笑顔で口数が少なく、ミツもそうである。「いいおばあちゃんだよね……」とよく言われたものだ。はあ、と声を上げそうになる。あまりにも家の中と外の顔の違う親子。ここはよく似ているものだ。家の中では自分よりえらいものはない。そして自分が優先で人のために金を使うなど、もっての外なのである。私はこの時ほど恐ろしかったことはなかった。殴られ、蹴られるなんて序の口だ。今までの思いが次から次に口に出た。

そんな話を聞き終えたタエがこう言った。「今まで何年になる。もういい。五本の指のどの指を切っても血が出るように、どの子も皆私の子どもなのだ。可愛いく大切な子どもだ。何も必要とされない者をなぜそこへ置かなければならないのだ」。タエは隆からお前をもらい下げると言った。こんな話をいつも聞かされながらタエも耐えていたのだった。もらい下げとは入らなくなったものを引き取るという意味だ。涙が出たが、来なくていい、また電話するとだけ伝えて受話器を置いた。

私は一人考えた。もしタエがその時、あの小屋で一人暮らしでもしていたら、別れていたかもしれない。今はもう兄たちと一緒に暮らしている。そこに私まで世話になることなど考えられない。その時心に誓ったのだ。もうタエには心配させまいと。私はこう生きる運命なのだと。本当に今振り返っても、運命だったのだと思う。

暴力の回避策

それから私は一人耐えていく道を選んだ。隆の怒りを買わないよう考えながら行きぬく人生が始まったのである。

毎週日曜日は休みになる。その前の日には隆の財布の中を調べる。明日は必ず金と言われそうだと思う時は、クレジットカードで用意しておく。案の定、隆は「金」という。金が手に入れば隆は大声を上げることはない。話し合うこともなく、自分が満足してさえいればけんかになることもない。そんな生活を続けた。

ミツは相変わらず好き勝手なことを言い、隆のことだけに口を挟む。「隆の身体のことを考えてやれ」、「仕事をして疲れている」。うるさいと言いたかった。私はその何倍も動き、働いている。何度別れたいと思ったことか。それさえも隆のすることが恐ろしくて何も言えない。

クレジットカードで借金をするとどんどん支払いが増える。今まで以上に働かなければならない。タエの言葉を思い出した。初めて子どもを授かったところが本木《もとき》である。どんなことがあってもここで努力しなければダメなのだと。なぜなら「本木に勝る末木なし」だからである。別れてしまえば、元の大木が折れ、末の細い木にぶら下がるしかない。今以上の過酷な人生を背負うことになるのだと母は言う。考えてみれば、母は好んで二人の夫と暮らしたわけではないが、私の父とは過酷な生活をした。そして、母の子である兄たちもである。そう考えた時、決して自分のために生きるのではなく、この子のために、このような日常を見せてはならないと決断した。

夫に話すときの言葉使いにも気をつけて、子どもに後姿を見せていこう。話題を作り、少々作り話を取り入れて、笑い話でまとめたこともある。金はクレジットカードで借り、それを働きながら返していく日々だ。子どもが眠りにつくと二階の部屋に夜遅くまで明かりをつけて仕事である。朝方まで仕事をすることもあったが、ミツは何も思うことはないらしい。まして隆もである。よく似たものだ。普通の家庭のように朝は隆に「いってらっしゃい」、帰ってくれば「お帰り」と三十年余り続けてきたが、隆はただの一回も「行ってきます」「ただいま」と返したことがない。それでも、自分は子どもと一緒に耐えていくべきと思い、そうしてきたのだ。でも、私はそれについても何も語らずである。

タエが私の父の死を呪ったのは、その時の状況を考えれば当たり前だったと思う。でも私は死を呪うことはなかった。進が大きくなって独り立ちするときは必ず来る。そのときまで金のことも含め、子どもの前では波風が立たぬように暮らしていこう。そして、隆を絶対に見返してやると心に誓ったのだ。私が心に誓ったこと、刻んだこと、これも三度である。

私はミツも受け入れた。ミツはタエと同じ世代だが、年齢を感じさせない人である。あの頃の六十代なら本当におばあさんという感じだったが、ミツは服装にも気を遣い、化粧をし、夜にはパックといつもきれいにしていた。私にはそんな余裕などない。ただ働くだけだったタエや私と比べてしまう。

訪ねてきた人に「若奥さまはいらっしゃいますか」と聞かれ「はい、私ですが」と答える。尋ねた人は、少々老けた顔で身長も低い私を見て首を傾げる。そこへミツが出てくると「あっ、この人です」と言う。私はそそくさと部屋に戻る。なんと情けないものか。私のことなど馬車馬としか考えていないのだろう。

進の入学

昭和六十年の春である。進はピカピカの一年生になろうとしていた。私は進が入学するのと同時に家での仕事をスパッと辞めた。三軒の会社の下請けをしていたが、それぞれの社長に話し、一軒の会社を選んで勤めることにした。少しの間だけでもミツから離れたかったし、家での仕事はひまだれの多いことも理由のひとつだった。

今までお世話になった会社にあいさつに出向いた。どの人もがんばれと励ましてくれた。私の家庭の事情を知っている人たちだ。遠くの親戚より近くの他人とはこのことだと思った。

進が入学式を迎えた。ミツは「そんな身体で人前に出るな。進がかわいそうだ」と言う。なぜ陰に隠れて子どもを育てるのだ。進にとって、どんな親でも母親は私一人なのだ。

私の知人で障害者同士で一緒になり、一人息子をもうけた人に話を聞いたことがある。自分はなるべく人前に出ないように陰に隠れて育てた。子どもからも離れて歩いてと言われたりもしたという。私はその知人に言った。私は陰に隠れる親にはならない。隠れたからと言って何かが変わるわけではない。もし進が離れて歩けと言ったら、私は殴るね……と答えたものだ。

そして学校生活が始まった。一学期までは学校も終わるのが早いので、会社は夏休みが開けてからに行くことにした。しばらくして進の様子が普通でないことに気がついた。顔が青ざめ、学校から帰ってくるともどすのだ。どこか具合でも悪いのかと訊ねても「大丈夫、なんともない」という。二、三日続いたがミツには黙っていた。

しばらくすると元気になり、ミツの部屋に行き、好きなことをして遊ぶ。私は進を呼んで「お前、誰にいじめられている。はっきり答えろ」と男になって聞いた。進は「金子軍団だ」と答えた。やはり私のことでいじめられているのだ。あいつの親は何もできないと思っているのだろう。頭を叩かれたり、腹を蹴られたりすると言う。学校の帰りには、なるべく会わないようにするが、そういう奴らは見つけるのもうまいものなのだ。私は自分自身の身体のことでいじめられたが、それは当たり前だと受け止めて、自分の中で処理できた。でも、進は私の身体のことでいじめを受けている。これはダメだ。進自身のことなら自分で考えるべきだが、私の身体のことで進がいじめられるなどあってはならないことだ。学校には話すつもりはなかった。自分のことは自分で、が私の考え方である。

私は学校の帰り道、金子軍団を待ち伏せた。「お前たちが金子軍団か」と尋ねる。びっくりした顔をする。「進が何をしたのだ。言ってみろ」何も返答がない。「おれはなにもできないと思っているだろう。バカ言ってんじゃないぞ。おれはヤクザの親玉だ。よく知っておけ。今度こんなことがあれば、おれは黙っていないぞ。よく胸に刻んでおくことだ」と啖呵を切った。金子たちは小さくなってハイと答えた。

進は金子軍団にお前のかあちゃんおっかないなぁと言われたと言う。それから進は何事もなく学校生活を送った。悪事は小さいうちに芽を摘むことが大事なのだ。それに気づかない親が多いのも現実だ。今は勉強、勉強と時代が変わり、机に向かってさえいてくれれば親が安心する時代へとなっているように思う。

進は例えれば、ドラえもんののび太のようなものだ。机に向かうどころか遊びが先である。でもあのドラマには愛があり、私も好きだった。

ミツはいじめのことを知らない。もちろん隆もだ。一年生に上がったばかりの進は午前授業で昼には家に着く。会社からは昼前の二、三時間でも仕事に来たらと言われ、そうすることにした。少しの間でもミツに何も言われず、安泰なひと時になる。私は冗談を言い、バカを演じられる。そんな私と仕事をするのは、みんなの楽しみだという。あまりにも家と外とのギャップが激しい私である。

私は二度と家では仕事をしないと決め、会社一本にした時から少しずつ二階の仕事道具を片付け始めた。本当に、会社で使うハサミ一丁、針山一個だけを残し、すべてのものをゴミに捨てた。ミシンまで捨てたのだ。ここは泣きながら仕事をした思い出の場所。何も残したくないと思ったからだ。今になれば、もったいないことをしたものだと思うが、その時は捨てることしか考えなかった。

児童相談所からの電話

私は自分が里親に登録していたことなど、すっかり忘れていた。通知証が届いてから五年である。登録した時はミツは一緒に暮らしていなかったので、里親のことを知る由もない。進があと一週間ほどで夏休みに入る時、なぜか突然里親のことを思い出した。進も一年生になり、私も働きに出ることにしたので、もしこれから里子のお願いをされても引き受けられない。また、進に里子の話をしたところで納得するはずもないだろう。何もわからないうちに里子として育てていくことができたのなら良かったと思うが、もう進も一年生である。朝、隆に話した。今日、里親を解除してくる。「あ、うん」と答える。自分に関係ないことはいつもこうである。

進は学校へ、私は職場へと出掛けようとした時である。電話が鳴った。「いつもありがとうございます。児童相談所です」。あれから五年も経っている。「はあ……」と言ってしまった。「すみませんが、「二歳の男の子をお願いできませんか」。なぜ、今なのだ。そしてなぜ今日なのだ。私は思わず「男の子は、既に息子が居りますので、この話はお断りさせていただきたいのですが」「はい、わかりました。また、何かありましたらお願いいたします」と言われ、電話を切った。

私は今日の出来事があって、今日解除するのは変であろうと思い、改めて話に行こうと考えた。ところが次の日、今日は話して来るぞと職場に出掛けようとするとまた電話が鳴る。また児童相談所からである。驚きである。「今日は二歳の女の子ですが」と言われた。昨日の男の子は息子がいると断っていたので、何も答えようがない。私一人では決められないので、夫が帰ってきてから伺いますと答えた。

これは偶然、それとも運命だったのだろうか。私は進に話をした。まだ一年生である。十分意味がわかるわけではないだろうが、進は「うん、いいよ」と言う。でも、私は諸手を挙げて喜べるわけではない。ミツのこと、夫のこと、進のことが頭の中を駆け巡る。私は自分の子をダメにしてまで人の子を育てるつもりはなかった。人の子となると気を遣い、兄妹げんかをしても、やはり息子を責めてしまうことが多くなるのではないだろうか、とそんな不安を抱きながら、夫と進と児童相談所へ出向いた。午後七時頃であった。二、三人の小さな子どもが一緒の部屋で遊んでいた。その中の一人が美里だった。とても可愛い子である。その光景を今でもはっきりと覚えている。赤い模様の入ったセーターを着て、黒の短パンをはいていた。なぜ、どうしてこんな小さな子どもたちが里親を探さなければならないのかと思った。

隆は何も考えていない。よその人の前ではとてもいい人なのだ。人当たりがよく、自分の子どもだからどうだの、他人の子だからダメだのとかそんなことを言う人ではない。普通の父親なのだ。ミツとはそこが違う。不思議と言えば不思議なのだ。

私は職場復帰をしてしまっている。ミツには頼めない。それでも私は単純だ。何とかなるか……と育ててみることを承諾したのである。だが、育てていくうち、やはりできなくなったり、いろいろな事情ができたりした時は無理はしなくてよいという。また、別の里親を探したり、施設に行くこともあるのだという話だった。私はそれを聞いて安心した。無理せずである。

美里がやって来た

児童相談所からは、里子の健康状態と発育の状態などが記されたこと細かな記録帳を渡された。しかし、里子の生い立ちや、どんな生活をして、なぜ児童相談所に来ることになったのかなどは一切話されることなく育てることになるのだ。初めて里親になる人も多く、どう対処してよいかわからず、再び児童相談所に返される子どもも多いようだった。今の里親たちは、その生い立ちのすべてや性格など、日常のあらゆることを知った上で受け入れることになっているそうだ。

美里の健康ノートには、おねしょはしない、トイレも自分ででき、手はあまりかからない。

食事は手づかみが多い。話す言葉は少々。愛を感じられるようになれば、普通の子どもと変わることはないと思う、いたって健康であるなどと書かれていた。

そんな美里がわが家に来た。進が夏休みに入った、暑い暑い夏の七月二十四日であった。美里はまもなく二歳になろうとしていた。本当に手探り状態から始まった一日目。夫が仕事から帰ってきたので、スイカを切ってテーブルの上に置き、食べなさいと美里に声を掛ける。夫と進は暑いので、われ先にとスイカを取り、食べているが、美里はドアの戸口近くに座って取ろうとはしない。ここに来て食べなさいと美里をテーブルの所に連れてくるが、自分で取って食べようとはしない。他人の家と思って遠慮しているのかもしれないが、まだ二歳である。そんなことが考えられる年齢ではない。私が手渡しをするとようやく食べた。きっと自分で取って食べることが許されなかったのだろうと思った。二歳といえば、好奇心の塊みたいなものである。この年頃はあらゆるものを口の中に入れて、親は片時も目を離せないものである。なのに、美里は自分の手に渡されたものしか食べられない二年間を過ごしてきたのかと思った時、涙がこぼれた。隆はそんなことは深く考えてはいない。「ほら、美里、食べ」、隆は自分が腹いっぱいになり、美里に取ってやって食べろと言う。進もそれ程深く考えられない一年生だ。私にはこの時の光景が忘れられない。言葉といえば、たったひとこと「足」だけである。もしかするとこの足がよく叩かれたのだろうか。ノートには愛される実感があれば頭に障害があるわけではないので、それもクリアになるだろうと書いてあった。

何日も何日も美里がわが家にいる。ミツは私の方の親戚の子どもが遊びに来ていると思っていたのだろう。どこの子だと聞きに来る。本当は隆が説明するべきだと思うが、結局は私が話すことになる。

ミツの反応は思ったとおりである。進だけがかわいい。私は進の夏休み明けから、本格的に職場に通うことになっている。その日も近づいてきているがミツに美里は頼めない。それでなくても日常的に美里には辛く当たる。美里は進のあとを追って歩き、また、進も美里を可愛がっている。でも、ミツの部屋に連れて行くと、美里だけが追い出される。進に「ばあちゃんの部屋に行くな、美里が可愛そうだろう」と言ってもうなずくだけだ。

進の二学期が始まる。私は保育園が決まり次第、会社に仕事に行くことにした。家に来て二ヶ月あまりが過ぎて、美里もようやく自分の居場所がここだと感じてきたらしい。美里は少しずつ私たち家族に溶け込んでいくと同時に毎日大変な出来事がのしかかってくるようになっていった。来た頃は泣くことも笑うことも忘れているかのようだった。小さいなりに今度はここに置いていかれたのかという警戒心があったのかもしれない。それが、いたずらもし、自分の思い通り遊び、悪さをして私に叱られることもあるようになった。

美里は進が学校に行っている間は、私が相手をしたり、一人遊びをして過ごしていた。私は考え事をしながら家のものを片付けたり、美里の服を整理したりしていた。ふと美里に目を向けると、なんと進のカバンを開け、教科書をびりびり破っていた。既に本の原型はとどめていない。どうしようと思っても、もう遅い。進になんて言おうと考えたが、本当のことを話すしかない。まだ一年生である。きっと怒り出し、美里を殴り、お前なんか児童相談所に帰れというのではないだろうか。大事な教科書である。そんなことを想像したりもした。私はもし進がそう言った時には美里は育てられないと思った。進を叱り、美里をかばう、それは息子にとって親から見放されたことになる。それではダメなのだ。自分の子として、美里も同じく一緒に育たなくてはならない。まずは進の口から出てくる言葉を聞こう、そして私が決断しよう、と考えた。進は私から話を聞いても、泣くだけで何も言わなかった。その様子を見て、私はこの美里も育てられると思った。進の教科書は先生にお願いして買っていただき、ひとつ大きな壁を乗り越えた。

この頃の隆は美里が来て間もないこともあってか、自分中心というより、家族と出掛けることを優先させていたような気がする。釧路動物園、川湯などと休みになると出掛けたが、家計は火の車になった。どこへ行くにも隆はミツは誘わない。もちろん私もである。この時ばかりは本の少しの間だったが、これが本来の家庭の姿だと思ったものだ。私は美里が来てからは隆に対しても私自身が変わって行こうと思った。良い妻になろうと笑顔を絶やさぬようにし、進んで会話もした。だが、隆はそんな私の変化にも気付かないようだった。私は何十年も良い妻を演じてきたのかもしれない。子どもの前では良い母であり、夫も良い父親と思ってもらいたいと願った。だから、決して隆とは争わず、ミツにも何を言われても口答えはしなかった。右の耳から聞こえてくる言葉も左の耳から抜けていく。私の頭の中には一切残さない。この生まれ持った性格があったから、生き抜いてこれたのかもしれないと今は思っている。

美里、保育園に

夏休みが終わり、私は職場へ、進は学校へ行かなければならない。美里は保育園も決まった。送り迎え付きで一ヶ月三万五千円かかるが、私の収入の方がそれを上回ったので、そう決めた。隆はいつもと変わりなく、そんなことはどうでもいいようだった。この頃、隆の遊び仲間にも次第に子どもが二人、三人とでき、お金もかかるようになったため、だんだんと遊びから遠のいていった。しかし隆にはそういう考えはない。車といえば中古車など絶対に乗らない。必ず新車である。それもローンなのだ。私は働かざるを得なかった。休みの前日には隆の財布の中を確認して「金くれ」と言われそうだと思えば、必ずカードで借りて用意しておく。そんな日常がその後何年も続くのだ。

美里が、保育園に通うようになった。朝、保育園のバスが迎えに来ると、それに美里を乗せて私は自転車で職場へと出掛ける。美里は保育園でお昼寝をし、バスに乗って帰ってくるのは六時近くになる。帰って食事をしたら、寝るだけだ。それでは以前までと変わらない。少しでも美里と私との時間を作らなければと思い、仕事を二時までにしてもらった。

保育園に毎日迎えにいき、自転車の後ろに乗せ、帰る道すがら、美里といろいろな話をした。歌を歌ったり、保育園の出来事、遊んだことなど聞いたりする時間を持ったことで、美里なりに安心したのかもしれない。隆の後を追っては泣き、私を追っては泣くようになり、本来の姿を取り戻したようだった。でも、振り返れば、美里が自分の居場所を見つけるには、あまりにも長い月日がかかったように思う。

おどおどした時を経て、笑ったり、安心した表情を見せたりしながら美里は一つ一つその壁をクリアして大きくなっていった。言葉もいろいろと話せるようにはなったが夜、布団に寝かせるともどす日が続いた。おねしょも寝かせて何分もしないうちにドバーッとだ。起きてみんなと遊んでいる時は決してお漏らしをすることはないが、おねしょは夜中何回もする。どれほど布団を捨てたことか、もう換えの布団もなくなってしまった。日の当たる場所に干したり、ストーブをたいて干したりしても、湿っぽさは残る。その上にまたおねしょである。布団が重くなる。夜中何度も起こしてトイレに連れて行くが、それでもまた、すぐしてしまう。そうなると、濡れた布団の上に新聞紙をしいて、美里を抱いて寝る。

進は〝三つ子の魂百までも〟の時を愛に育まれて終えられているのだからと思い、美里が来た時点で進を離した。まだ一年生だ。一緒に抱かれて寝たかったかもしれないが、見るところ案外平気そうに感じたものだ。

美里は夜中にもどすことは二、三ヶ月くらいで収まっていったが、おねしょの方は回数は減ったもののまだ続いていた。もう布団もない。湿った重い布団で私と美里は寝なくてはならない。ちょうど紙オムツが出だした頃である。美里が寝ている間に紙オムツをした。でも、もし目が覚めた時美里が不安になる心配もあり、私は美里に話すことにした。「美里、おねしょが治るまでオムツをして休もうね」と優しく話した。絶対という言葉は私は好んでは話さないが、この時だけは「絶対治るから、大丈夫だからね、心配ない」と話すと美里は「うん」と答えた。紙オムツもお金がかかるが、それでも私自身が安心して休めることのほうが楽だと思ったのだ。それからは夜は安心して、眠りにつくことができた。だんだんおねしょの回数も減っていったが本当に自分から目を覚ましてできるようになるには小学三年生ぐらいまでかかったのである。

カルガモ一家

進が大けがをしたのは小学校四年生の時だ。ある日曜日、進も学校が休み、美里も保育園が休みだ。進がいるから大丈夫と思って二人で外で遊ばせていたが、数時間後、進が一人で帰ってきた。「美里は?」「うん、馬場さんの子どもと遊んでいる」。もうそろそろ家に入る時間であった。「進、美里を連れてきて」「うん……」。

まもなく近所の人が「早く早く、救急車」と叫びながら来るではないか。その頃は玄関フードが流行りで、みんなの家は玄関の外側にさらにガラス張りと二重になっていた。一枚ガラスなので、進には何もないように見えたのだろう、美里と思いっきり、身体ごとそのガラスに体当たりしてしまったのだ。その一枚のガラスが割れ、進の右足のひざかぶのうえにざっくりと刺さり、傷口は骨まで見えていた。私は進の足を見たが、血はタラアーっと流れているだけだ。深い場所はあまり血は出ないものなのだ、と思いながら救急車で病院に向かった。傷口が深く、歩くと傷口が開くので、学校は送り迎えをしてくださいと院長に言われた。

それからは毎朝、進を自転車の後ろに乗せ学校へと送り、美里を保育園のバスに乗せ、私は職場に行く。帰りは美里を迎えに行き、家に着くと美里は自分の自転車で私の後について学校まで進を迎えに行く。進は私の自転車の後ろに乗り、その後ろを美里がついて、そのまま病院へ。そんな毎日が続いた。なんといっても雨の日が最も大変だった。進にカッパを着せ、私はその雨の中をひたすら自転車だ。タクシーなど使ってはいられない。

学校の先生は、私たちのそんな姿を車の中から何度となく見ていたようだ。担任の先生からは、カルガモ一家という名言も出て、皆で笑ったものだ。

隆は何もしてくれなかったが、私自身それが当たり前のように思っていた。母は何もかも一人でしていた。それを私が引き継いでいたのではないかと思う。母の姿を見て育った私には何も苦にはならないのだ。そして、これが私が進に傷を負わせた二度目である。進は今回も痛がりもせず、泣きもせずであった。進の膝には、やはり今でもひきつったような傷痕が残っている。私が進に傷痕を残すことはこの二度で終わった。

ミツとの軋轢

美里が来て、わが家は大きく変わっていった。隆は相変わらずではあるが、子どもに対しては、美里にもわが子と変わらず普通に接していた。隆は「美里はまだ小さいのだから」と進をよく叱っていたので、多少美里には気を遣っていたようだ。私は里子だから気を遣うとか、何とかしなければなどとは考えず、ありのままの自分で接していた。悪いことをしたら、小さかろうが叱る。

だが隆にだけは気を遣わなければならなかった。頭の中では、きっともう暴力を振るうことはないだろうと思っていても、恐怖の記憶が私の頭から離れないのだ。

ミツは小さな美里にも、容赦なく辛く当たる。まるで私の父親がしたのと同じようにだ。私は自分のことであればどんなことにも黙って耐えられるが、美里はそういうわけにはいかない。この家で他人は私と美里だけである。私は決して美里を一人にしないと決めた。近くに買い物に行く時でも、私のそばから離さなかった。

進は一年また一年と成長していく。ミツより、そして私より友だちの方が良くなる。当たり前のことだ。しかしミツには、それがわからない。進は美里のために我慢して一人で外遊びをし、ミツの所にも来なくなったと思い込んでいたのだ。「美里だけを可愛いがり、一人息子は、ほったらかしか……」と私を責めたてた。

そんな反動を美里にも向けて行く。私はただ黙って聞いていた。こんな姑に話して何が変わるのだ。今までに何か一つでも変わったことがあったのか、と口元まで出かかるが、いつも語らずだ。ミツは、隣近所に行っては「自分は除け者扱いである。隆が可愛いそう」などなど、私の悪口を言いふらした。一歩外に出れば別人のように人当たりのいい姑である。そう言われると、私が語らない限りは、誰もが姑の言うことを鵜呑みにした。

どうにもならない嫁だというわさが近所に広がり、私の耳にも入ってきた。でもいいのだ。私は美里を守ることしか頭にない。私は近くのスーパーで、そこの主人から、「あんたの御主人、どこが良くてあんたと一緒になったんだ……」と言われたこともある。なんという言われようだろう。まあいいか、言いたいやつには言わせておけばいい。私は、深く考えない。こういう性格に生まれついて良かったと思うことにした。

ミツは進に小さい時のように自分の所に来てほしいのだろう。一生懸命である。少しばかりのパンを買ってきたり、オモチャ付きのおかしを買ってくるが、決して美里には買ってこない。進はもらうにはもらうが、それほどうれしいわけでもない。それでもミツにしてみれば、それで満足なのだろう。

でも美里は、どんな小さな物でもやはり自分も欲しいのだ。当たり前である。ミツが進の物を買ってくれれば、その何倍も私が美里に買う。そうなると、ミツは美里に言う。「お前の物ばかりで進のは買ってこないのか」と大声だ。うるさいババァー。お前がそうさせるからだと心の中で叫ぶ。美里が「ママ……」と寄って来る。「いいの、いいの、美里は可愛いから」となだめた。

こんな月日が何年も流れた。進は服装はジャージとTシャツで良い。私に似てめんどくさがり屋だ。オシャレもしない。人が何を着てようが、頓着しないのだ。だから今でも私も進もブランド物も知らないし、それがいくらするかも知らない。何でもいいということは、生きて行くには都合の良い物だ。

その反面、美里はオシャレであった。保育園の友だちが可愛い服を着ていると、その服が欲しいのか、その子から目を離さないと連絡帳に書かれてある。これも三歳までに備わるものなのかもしれない。愛されて育っていたならと思ったこともあった。またオシャレである分、着せがいもあった。暇を見つけては美里に服を作って着せたものだ。写真に収まっている美里が着ている服のほとんどは私の手作りだ。美里のアルバムは何冊もある。進のアルバムの数の三倍だ。それを眺めては、これはやっと自分の居場所を見つけたあたりだったナ……、などなど思い出にふける。あの三年間が愛おしく思う。

家族の在り方

私が一回きりの思い出にと計画した阿寒ホテルでの楽しさが、隆の脳裏にあるのだろう。こどもの日、お盆、お正月と、連休になると毎回どこかでホテル泊をすると言う。費用のことなど考えていない。その当時、ホテル泊をして休日を過ごす家庭がどのくらいあっただろう。近くのランドに遊具に乗せに出掛けたり、海へ行ったりと、日帰りで休日を過ごす家庭が一般的であった。夫婦というものは二人で話し合いをしながら、物事を考え、子どもを育てるものではないのかと何度も思った。

子どもにしてみれば、旅行は楽しい。お金のことなどわかる年齢ではない。私は、本当は「今度お金を貯めてから……」と言いたかった。でもそう話すことが、おそろしいのだ。殴られたときのトラウマである。私たちの間ではお金に関わる話はタブーなのだ。お金という言葉に隆は逆上するようだった。しかしお金がなければ生活できない。

私にとっては職場が一番のやすらぎの場所だった。男性も女性もいるが人の悪口など言う人はいない。自分の家庭の話題で盛り上がる。「それ本当の話、うその話」と言いながら笑いころげる楽しい場所だ。でもその職場も、私は早い時間に仕事を上がって、保育園に美里を迎えに行く。姑はそれがまた腹が立つのだろう。私が帰ると「長く働けば、まだまだ稼げるだろう。

隆にやる金もないのは、誰のせいだ」と毒づく。私は、お前の息子は、ない金を平気で持っていってるわ。家庭のすべてをこなし、そして仕事、子育ても私一人である、と言いたかった。

私は、隆は子どもの前で、普通の父親であればいいと思うことにした。また隆は姑とは違って、美里に気を遣うことも知り、怒ることはない。自分が欲しいのは金だ、遊ぶ金だ、それ以外のことは何でも私の言う通りになる人だった。そう考えれば、やりやすい人なのかもしれないと思った。考えてみれば、隆はただ親がいたというだけで、愛されることを知らずに育ったのかもしれない。姑を見てそう思った。

ではなぜ隆は私でなければならなかったのだろう。そして私は気が付いたのだ。隆にとって私は母親のようなものだったのではないだろうか。母親のすることとは自分には関係がない。だから私のすることには、なんの抵抗もなくうなずき、欲しい物は母親にだだをこねるようにねだる。姑には、優しさのかけらもなかった。本当に形だけの母親だ。隆にとって私は母親であり、そして同時に妻という自分の所有物だと思うのだろう。お金がないなどと言うと、殴る、蹴るだ。母親に対してはできないが、自分の所有物だと思っているから妻にはできるのだろう。殴られるのは、もうたくさんだ。この子どもたちが一人前になる日までの辛抱だと胸に刻み、何も語らずに徹することにした。お金のやりくりは大変だった。子どもが大きくなるにつれお金はかかる。隆が金と言えば、借金が増える。連休になるやホテルの予約である。子どもたちは楽しいだろう。でも家族で宿泊となればかかる費用も大きい。それでも私は子どもたちの前では笑って終わる。心の中は、どこからお金を工面しようかと考える。子どもたちは学校が始まると休み中の出来事について作文を書かされる。子どもたちの作文にはホテルに泊ったことが多く書かれていた。子どもたちは、わが家は金持ちだと思っていたようだ。

進が中学校を卒業する頃まで、そんな連休を過ごしていた。しかし実態は〝働けど働けどわが暮らし、楽にならざり〟である。本当にこの言葉も真理をついているなあと思う。普通に暮らすことさえ容易でない世の中なのは、今も昔も同じである。

美里の出生の秘密

ある日、児童相談所から里親になって、いろいろなことや思い、苦労など、里親会という本に載せるので何か書いてほしいと言われたが、私は、本に載せるようなこともないし、書きたくないし、めんどくさいと言った。それでも里子を預かった人には書いていただいている、苦労もあると思うので、そんな話でも何でもいいと言う。そういえば里親会に入会して、北海道知事から登録証を頂いた時から、二年に一度ぐらい本が送られて来ていた。それは里親の体験談、会長のあいさつなどなど書かれている本である。三回ほど送って来ており、一度里親の体験談を読んでみたが、苦労話ばかりで私にはピンとこなかった。でも児童相談所にはそんなことは言えない。とりあえず、里子さんを養育された人には全員書いていただいていると言われると、断る理由がない。私は美里が、わが家に来たからといって苦労したとは思わない。ただ親として自分を慕うこの子に心を打たれたものだ。どんな親であってもいい。親に捨てられるほどみじめなことはない。大人の快楽のために、この世に生を受け、苦難の道を歩かなければならないとしたら、それは哀しいことだ。私は里親会の冊子には「美里よ、大きな心で人生を歩いてくれ。そう願わずにはいられない」と書いた。

私は里親であるが児童相談所に相談に行くこともしなければ、訪ねたこともない。そんな私が児童相談所を訪ねることになった。里親として育てている美里が六歳になった平成二年一月のことだったが、今でも鮮明に覚えている。この年の四月から美里は小学校に入学する。この美里が大きくなった時、帰る場所、頼れる人があるのかということを尋ねに行ったのだ。美里はまだ私たちが里親だということは知らない。しかしいずれ美里が必ず現実を受け止めなければならない時が来る。そんな時、真実を知りたいと思うだろうし、また、実の両親と会いたいと思うかもしれない。それが可能なのかということなどを聞いた。児童相談所からは、それは望めないという回答だった。

そう言われたからといって、はいそうですかというわけにはいかない。いくら個人情報は外に出せないといっても、一応美里の親なのである。私と児童相談所、そして、裁判官での話し合いが始まった。そして美里の戸籍に書かれている母親は実際には美里を産んではいないことがわかった。本当の産みの母は、とある小さな学校の校長の娘、弘子である。厳格な父親に育てられた姉妹二人はそんな父に反発していたとのことだ。そして弘子は当時付き合っていた人の子を身ごもったのだ。

しかし、学校長である弘子の父が、未婚の娘の妊娠・出産を許すはずがなかった。弘子は自分たちが住む小さな町ではなく、別の町で美里を産み、弘子の父が、刑務所帰りの由美という人にお金を払って美里の戸籍上の母親になってもらったのだ。一人の人間の人生が大きく変わる出来事だ。子どもを教育する立場の学校長が生まれてくる命をどう思っていたのだろう、と私は怒りが込み上げた。

弘子はといえば、美里を産むやきれいな戸籍のまま、父の勧める見合いの相手と結婚をし、二人の男の子の母親になっていたのである。

大金を手にした由美は、美里の母親に納まったが、殺人罪で刑務所に入り、美里はその後、居場所を転々とする人生を送ることとなったのである。この話に私は目を疑い、耳を塞ぎたかった。しかし今になってみれば、美里にはこれが与えられた運命だったのかもしれない。

私はその時、美里を養女にすると答えたが、裁判官は、今このままでは養女にはできないと言う。もう一度戸籍を洗い直し、初めに戻して、まず生みの母親から出直さなければならないというのだ。裁判所では法を犯すことはできない。個人の考えで法に反することはできないし、犯罪なのだ。法に触れることをして何もないという保証はない。確かにその通りだと思う。だからといって、美里にも幸せになる権利はあるのだ。誰もこんな形で生まれたかったわけではないし、頼んだわけでもないのだ。そういえば、私の障害者手帳を作った医師もそんな話をしていた。でも私はひるまない。

裁判官は少し時間をくださいと言った。人の心を動かすのも二度目である。よく考えてください、良い返事を待っていますと伝え、私はその足で美里を迎えに行く。なぜ、なんでと私は心の中でつぶやいた。この人生を天が与えたとしたのなら、あまりにもむごいものだ。何も知らずに生きている美里。〝三ツ子の魂百までも〟が、浮かんでは消え、消えては浮かぶ日々だった。

あっと言う間に二ヶ月余りが過ぎた。隆にはだいたいのことを話したが、他人事のように、「うーん」との返答で、良いでもダメでもない。でも私は話したのだ。返答は良いという意味だと考える。裁判所から今日はお二人揃って来てくださいとの電話が来る。隆も私も仕事の休みを取り裁判所に出向いた。

裁判官から「この美里さんの幸せのために、林さんの養女としての親権を認めたいと思います。この書類を持って役所に提出してください」。そしてもう一つ、付け加えられた。「この話は私と林さんの秘密としてお願いします」と。私はわかりましたと答えた。隆もうなずいたようだ。そして平成二年三月二十四日、晴れて美里は私たちの養女となった。そして私たちの家庭は大きな転換期を迎えていったのである。

私は実母のタエ、そして兄、義姉にも美里を養女にすると話した。母は「お前に与えられた人生だ。ガンバレ」と励ましてくれた。母は口数は本当に少ないが、一つ一つの言葉がいつも胸を打った。

私たちは、この美里を里子から養女にと拾い上げたのである。この時は、これで美里には帰る場所もあり、相談する人間もできたことになると思ったのである。

里親から養父母になる

出生にまつわる事実を私の口から美里に語ることは生涯ないだろう、と思っていた。人は一人では、決して生きて行けないものだ。わが家が、美里が辛い時、悲しい時、帰ることができる、そんな場所であってほしいと願った。

その頃の私はタエには隆のことも話さなかったし、困るそぶりもしないように努めた。隆は美里が養女になったからといって生活態度は今までと変わりはなかったが、多少は気を遣っていたようだ。子どもも六年生と一年生の二人になった。

隆は家計が大変だろうということなど考える人ではない。だから私は争うことを止めていた。隆の小遣いは月五万円と決めていたが、マージャンなどであっと言う間になくなってしまう。私は、「金」と言われた時に小出しにすることを覚えていった。家のローン、車のローン、クレジットローン。ローンだらけである。朝、子どもたちを学校に出し、会社へ行く。そして子どもの生活時間に合わせて仕事をする。

進は学校からの帰りが遅くなってはきたが、美里は帰りが早い。それでも給食が始まれば、帰る時間はだいぶん遅くなる。一年、一年と長い時間働けるようになった。私はカギッ子には決してしたくなかった。ミツのこともあったが、私自身が子どもの頃いつも誰もいない家に帰り、まきストーブに火をつけ、母の帰りを待っていた。なんとも言えないものだ。

洋裁屋で使う言葉に「バナレ」というのがある。バナレとはミシンから離れることだ。朝八時に会社に行き、そして三時までにはバナレである。この頃は神士服の背広は止め、下のズボンだけ担当していた。引っ張りなら皆と一緒でなければならない。時間も子どもの帰りに合わせることは不可能である。でもズボンなら一人でできる。上の背広が出来上がるまでにできていればいいのだ。子どもが帰る三時までにはバナレをする。後は手作業ばかりを残し家に持って帰るのだ。

夜の食事の仕度、子どもの世話、学校の連絡事、後片付けとやることは山程ある。それが終われば寝る時間だ。子どもたちが寝た後、一人、黙々と持って来た手作業をこなす。ズボン一本仕上がると九千円である。それを毎日のように繰り返すのだ。隆は平然としている。何かを手伝うという人でもないし、また私もそれを望まなかった。こんな生活が日常なので子どもたちも別に何とも思うわけではないのだ。

運動会は一人だけのために弁当作りだ。進が小学校を終わると今度は美里だ。そしてその後に美里の子にも弁当を作ることになった。何事も、良くも悪くも三度までだという。なるべくなら良いことが三度がいい。

美里は四年生頃までは普通の女の子と変わることなく過ごしていたと思うが、心の中はどうだったのだろう。私は美里が帰る時間には必ず家に着いていた。一人にはできない。進は大きくなり帰りも遅い。私は自転車で会社に行く。

もし、朝雨だったらカッパも着るが帰る頃どしゃぶりの雨の日にはまいった。時間までには家に戻らなければ、そうあの姑のことだ、何を言われるかわからない。体は濡れてもいいが、顔は豪雨で前が見えなくなる。そんな時は会社にある黒のゴミ袋を三角にかぶる。会社の人は笑うが私は平気。時間までに家に帰る、それが私のポリシーだ。交差点で車とぶつかったこともあった。今考えると、これも三度だった。一度目は自転車もグチャグチャに壊れ、使い物にならなくなった。私は遠くへと飛ばされたが、それでも家に帰らなければとタクシーで帰ったことがある。運転手は病院へ行こうと言ったが、私はそんな暇はないと答えた。何かありましたらと名刺を渡されたが、別に何事もない。私はこんな出来事も家族には決して話さない。会社に行って皆と笑い話で終わる。会社の人は私のことをバカかと言うが、めんどくさいと笑って終わった。

運転免許証の取得

平成五年、私が四十四歳の時である。なぜかこの頃になって、運転免許証が必要になるのではないか……と思ったのだ。なぜなら、何となく周りを見て、美里へのイジメを感じるようになっていたからだ。いろいろな方面でつながりを持って行かなければならないことを考えると、徒歩での移動は大変だったのだ。時代もだんだん車社会へと変わってきていた。自転車でもいいが、雨風はしのげない。

免許を取ろうと自動車学校の門をたたく。しかし産科を回った時のように、またここでも、相手は聞く耳を持たない。私が話す前にダメダメ、と言う所さえあった。自動車学校とは、免許を取る人しか行かない所だ。子どもくらいの身長しかない私は見た目だけで断られてしまうのだ。でも私は諦めない。学校がダメなら教習所はどうだろうかと考えた。それから何件も回り、ある教習所にたどり着いた。そこで、公安試験場に行こうと言われたのである。教習所の教官が試験場にいた山本指導員と何やら話している。「ちょっと、こっちに来て、この車に乗ってみてください」「ハイハイ」と、平気な顔をして、乗り込んだが、ハンドルの輪の中に顔が埋まり前が何も見えない。「見えません」と笑ってしまった。山本指導員は「車をあなた専用に改造して免許を取ることはできますが、このままでは取れませんよね」と言う。私はどこまで単純なのか、「いやいや、私足は長いんです。自分でザブトンを高く作って前が見えりゃいいんですよね」と言った。改造車なら、買い替えの度にお金もかかるし。誰でも運転できる車でなければ意味がない。「大丈夫」と笑う。「まあ、そういう気持ちであれば、やってみることですね。頑張りなさい……」と言われた。また一つ私は人の温かさに触れた。そして毎日二十㎝もあるザブトンをかかえて教習所に通ったのだ。このザブトンにも、私なりの工夫をした。下の方は板をひき、まん中にボロキレを詰め、そして上の方がワタである。こうすれば、座った時沈むことはない。自分でもよく考えたものだと自画自賛する。

教習所では実技だけを習い、学科は独学である。自動車学校であれば、学科も実技も教えてくれる。ペーパーテストを受けて大丈夫だと判断されれば、試験場へ向かうのが一般的である。だからあまり、落ちる人もいないという。私のように比較的年令が高い人は、ほとんどが自動車学校に通う。

教習所は安さがメリットだが、若い人たちほど頭の回転の早くない私たちの年代にはきついかもしれない。この年になってこんなに勉強したことはなかった。標識も何十個もあり、覚えるだけで一苦労だ。食事の仕度をしている間も隣に本を置き、頭にたたき込んでいった。隆も子どもたちも、私が免許を取りに行っていることは知らない。家族が帰って来たら、本は手元には置かず、頭の中で繰り返し考える。

見つかったら隆が何と言うかわかるからだ。しかしある時、教習所の車に乗っているところを隆に見られてしまった。隆は帰るなり「お前に、取れるわけがないべ……金を投げるような物だ」とにべもなく、頑張れの一言もない。なんて人なんだと思うが、やはり私は「だんまり」を通す。そして路上に出るための学科試験に臨む。学童イスの上にお座りをする。普通に座ったら机にあごが当たるだけで、答案用紙が見えないのだ。でも、家でもどこでもお座りなので、お座りが楽なのだ。だから固いイスの上でも平気である。試験時間終了のベルが鳴る。学校からの受験者も合わせて、この時は五十人ぐらいもいただろうか。学科試験は二度目の挑戦だ。一度目の時は大丈夫かなあと思ったが落ちた。ほとんどの人が受かったのだが、教習所の何人かは落ちたのだ。私の同僚も落ちた。「難しかった?」と聞かれ「いや、易しかったように思う」と答えたのに、失敗したのだ。また一週間後に受けようと話した。家に帰り、また本を手に頭の中にたたきこむ。そして今日の試験日を迎えたのだ。

四、五十代のおばさんたちもいれば若い人もいる。待っている時は、やはり年代が近い人と、試験の話になる。私と同じ教習所に通っている主婦もこれで六回目だと言う。十回目でやっと受かった人もいたり、まだ受からないという人の話も聞いた。私はそれを聞いて、やはり隆の言う通りなのかな……という思いが頭をよぎった。無理なのかもしれない、もしこれで受からなければ、辞めようと決心した。お金は前金で支払っているから、辞めても戻ってはこないが、それでも仕方ない。私の知り合いも途中で諦め、捨てた人がいる。

私は前回と同じようにイスの上にお座りをし、試験に臨んだ。しかし始めからとても複雑な問題だ。私はゆっくりあせらず、問題の意味を考え答えを書く。自分でも、あやしげな所は答えはチェックしておくが、もう一度最後に戻って見ようと印を付けておいた。しかし、そんな印は不要だった。四問も残して終了のベルが鳴った。前の時の方がもっともっと、簡単だったと思った時、失敗したことを悟り、これで諦めるのだと自分に言いきかせた。私と一緒に受けた人も、全然わからなかったと言う。その彼女は諦めてはいないようだが、今回で少し休むと言っていた。

一時間後に合格発表があった。受験番号が、点滅した人が受かったことになる。私は頭から受からないと思っていたので、自分の受験番号も覚えていない。学校も教習所も受験者全滅の中、一つの番号にだけ明かりがつく。皆ざわめき、誰だ、誰だと言う声が飛びかう。私はボーッと見ているだけで、やっぱり、難しかったんだと思っただけだった。私の教習所の先生が、お前だ、お前だと私を呼ぶ。はあ……。

私の入校をあっさり断った自動車学校の先生も来ていた。自分の教え子が、受かってほしいと思うのは当然だ。でもこの時受かったのは私だけだ。私の姿をまじまじと見る人がいる。そうだ、私の方は知らなくても、私のことを知らない人はいない。姿形を見ただけで、特別だとわかる。一〇〇問中九十問ができれば合格だというが、あの四問が間に合わなかったのに、そしてとても難しいと思ったのに、なんで自分だけが受かったのだろう。天が私を導いてくれたのかと思ったら涙が出た。パワステになった時代に感謝である。そしてこの年の十月、教習所を卒業した。

美里へのイジメ

美里は五年生、進は高校一年生となっていた。この頃には美里はイジメを受けていた。身体ではなく、心に傷を受けていたのである。男と女とではイジメの形が違う。男は暴力として表れるが、息子のように小さい時であれば芽を摘むこともできた。しかし美里は女の子、そして思春期も重なりイジメも陰湿だ。何人もの女の子が集団となり、美里の背後から、「拾い子、もらい子」という声を掛けるという。「本当に美里はそうなの」と、聞いてくるが、私はまだ話すのは早いと思い「そんなことない」と答え、おどおどはしない。私はそんな女の子たちに「美里は拾い子でももらい子でもない。私たちの子どもだよ。なぜ、そう言うの」と聞いたことがある。でもその子たちは、「そんなこと、言ってませんよ」と笑う。現場を見たわけではないので何も手は出せないし口も出せない。先生に話したところで同じであろう。証拠がないから、そんなこと言ってませんと言われればそれまでだ。

私は美里が六年生の一年間、車でのお送り迎えも試みた。中学校に入ればそれぞれ学校も違い、クラスメイトも変わる。今を乗り越えられればと思ったのだ。イジメにあっていたのは美里だけではなかったようだ。同じクラスの女の子がイジメにあっていると先生に話したと言う。その子は、美里もイジメられていると言ったという。

担任の女の先生から電話が来た。「美里さんのお母さんですか」「ハイ」「小境です」「どうも」「何が何だって言うんですか」「ハイ?」「美里さんはイジメにあっていませんから」「私、何か先生に言いましたか」「いろいろな人にイジメられていると言っているそうですね。それに車の送り迎えも禁止ですから」。その心ない言葉に、これでも先生か……と思った。本当は「それじゃ、きちんと子どもの心の闇を見抜ける先生と思ってもいいのですね。何かあったら責任を取ってくれるのですか」と言いたかった。こんな電話が来たことは美里は知らない。話す気にもなれない。今とは大違いだが、あの時代は、先生という立場だけで何でも許された時代だったかもしれない。

美里は学校に行きたがらなくなり、朝やっと学校に向かうありさまだった。家は出るのだが、足が前に進まない。人が来ると背中を丸めて下を向く。そんな姿を何度も見、学校に遅れてしまう、とまた車で送る。

そうして何とか一年が終わった。翌年からは中学校である。ホッとした。でも美里の心は複雑だったのだろう。本当に自分はもらい子なのか、拾い子なのかと思いつめていたのだと思う。美里は、生きていく上で、あまりにも出会う人に恵まれていない。生まれた事情にしてもである。これも運命なのだろうか。

美里、中学校入学

平成八年、美里は中学一年生、進は高校二年生になった。一学期は何事もなく終わり、ホッとしたが、二学期が始まったあたりからまた少しずつ美里に暗さが出てきた。学校を休んで家にいると安心した顔をしているが、「休めば休むほど、よけい行きづらくなるよ」と言ったら、「うるさい、クソババア」と返ってくるようになった。私も黙ってはいられない。〝だんまり〟を通すのは隆にだけだ。

私はいろいろと考えた。ふだんの美里は、とてもそんな言葉遣いをするような子には見えない。人に「美里ちゃん今から学校？」と聞かれれば「ハイ」と作り笑顔で答えることで自分の心を守っていたのだろう。自分から積極的に何かを言うことはなく、ただおとなしい子どもだと思われていたようだ。しかし家の中では暴れまくり、クソババアと暴言を吐く。気に入らなければ、何事に対してもそうだ。私は美里を叱った。「親に向かってなんだ」と、美里を殴ったことも何度かあるが、背丈も低い私の力では美里に負けてしまう。

でも、いくら学校を休んでいても、毎日美里を迎えに来てくれる友がいた。

その子は中学校を卒業するまで、毎日来てくれた。感謝しても感謝しきれない友であるが、美里自身はどう思っていたのだろう。これは、後に私が裁判を起こした時、私の陳述書の中にも書かれている。

由美ちゃんという名前しか知らないが、この彼女は美里が養女だったことを知っていたと思う。美里に由美ちゃんに相談する勇気があったのか、なかったのか定かではない。私はとにもかくにも今でも、この由美ちゃんが頭の中にいる。あの子はどんな道を歩いているのだろう、といつも思い出すのである。

私は美里にクソババアと言われる度に、以前自分もタエにこんな言葉を吐いていたことを思い出す。辛いものだ。自分のしたことは必ず自分に返って来るという。私の母は何も言わないが、私と母では考えなければならないこと、悩むこと、すべてが違う。

私は美里に本当のことを話す決心をした。隆には相談しなかった。以前、美里に暴力をふるわれていることや、学校に行かないことを話したが、何の返事も返ってこなかったからだ。こんな夫に話してなんになる、そう思った。

美里は私に対しては平気で暴言を吐く。「何でそうなの」と言うと、「うるさい」と私を蹴る。隆や進がいる時には決してしない。隆は仕事、進も学校に行く。美里が学校を休んでも、私は仕事に行かなければならないが、帰りが進たちより早い。私は仕事中も、美里のことが頭を離れない。帰ったら今日は話そう、明日は話そう、そればかりだった。

もうこの頃では、姑は自分のことで精いっぱいの年齢になっていた。でも私はミツのことなど念頭にはない。自分のことは自分でどうぞである。ミツには何の力になってもらったこともなければ、私がしてあげることが、当たり前のような人に、今さら何をするのだと思っていた。杖をつきよぼよぼと病院へ歩いて行く姿はあまりにもあわれだが、私は声など掛けない。自分がそうしたのだ。そんな姿でも、まだ自分のことは自分でできている。それで十分ではないかと思うのだ。

もし美里の暴れている姿を見たら隆は何をするかわからない。進や隆が帰る時間が迫ってくると私は焦る。帰りの時間が近づくと、美里をなだめるのに必死だった。ある時、隆がなぜかいつもより早く、ちょうど美里が暴れていたところに帰ってきた。隆は理由も聞かず「何をやってるんだ……」と美里を何回も殴る。私は美里に覆いかぶさるようにして「何でもない何でもないから」と隆に言う。その時はそれで終わる。しかし、その後になぜ美里が暴れていたかなど、隆は聞きもしない。だから私は隆に何も話せないのだ。

美里が朝起きてきた時の顔を見ると、今日も学校には行かないつもりなんだなとわかる。朝、美里の顔を見るのが恐怖になっていた。そしてある日「私も今日は仕事を休む、美里に話があるからよく聞いてほしい」と言った。美里が中学一年の二学期、九月十五日のことである。「美里、あなたは思っていることがあるんじゃないの。それを私たちに聞くことが、怖いんじゃないの」と聞くと美里は黙っていた。「そう、美里が思っているようにあなたは私が産んだ子どもではない。本当の親は他の人なの」そう話すと「殺してやる」と言った。「私を殺したいのか」「産んだやつを殺してやる」と泣きわめいて大変だったが、私は胸のつかえが下りた。

本当なら大人になってからと思っていたが、これでいいのだ。だが美里の本当の出生の秘密を、私は語らなかった。美里は、もう私たちの養女だ。これから先、私たちの子どもとしてどの書類にも書かれていく。だから私はこのことを生涯語ることはないだろうと思ったのだ。外では良い顔を作り、家に帰るとホッとするのだろう。そのはけ口が私である。一生懸命受け止めてきたが、自分自身も苦しくなる。誰かに聞いてもらいたいが、隆は自分自身が子どものようなもので、子どもは私が育てるものと思っている。それでも美里に気を遣うことは覚えていたようだ。やはり自分の子ではあっても、本当の子ではないと思うのであろう。それがわかるのなら、なぜもう少し大人になれないのだろうと思ったものだ。

そんな私の支えになってくれたのが息子の進だった。私は進に大きな心をもらいながら月日を過ごしていった。進は本当にまるで夫のような存在であった。毎日隆と美里が眠りについてから、進になぜこうなんだろうと泣き泣き話した。進はそれを何時間でも、黙って聞いてくれた。夜中、マトメの仕事をしながら私が一人で考えていると必ず進が来る。

進は「親に捨てられるってことは、そんなに苦しいことなのかな……。おれにはその気持ちがわからない。今は美里も普通におれと変わりのない生活をしているように感じるのだけど。でも、おれもグレたかったことがあったからなあ」「え!!」「本当にいつも、父さんはおれと美里を区別したよな……、小さい時からいつもおれが怒られ、美里は小さいんだからと我慢をさせられて、いつもクソオヤジと思っていたよ。なぜグレられなかったか知っている」「いやわからない」「それは母さんが美里と区別なく愛してくれていたことを知っていたから、グレることができなかったんだよ」。

私はわが子が可愛いとか他の子だから気を遣うとか、そういう性格ではないのだ。同じ人間だと思っているからだ。しかし進は私が思っている以上に成長していた。

私といえば美里のことばかり考え、何とかしてやらなければ、守ってやらなければと、そればかりに費やしていた。そんな時進に言われた言葉がある。「あれこれ考えたところで、なるようにしかならない。今までも、悩んだり、考えたり、涙を流したりしてきたけど、なるようになって今日まで来たと思う。なら毎日笑って今を生きればいいんだよ……」。でもその時の私はその意味を知るよしもなく、ただただ今をどう生きぬくかだけしか考えられなかった。何が今を生きればいいだと、何が笑って過ごせだ、このクソガキと、心の中で叫んでいたのだ。進の言葉の意味の深さを知ることになるのは何年も後のことである。

進はその頃、進路を決める真っ只中にいた。登別の専門学校へ行くことを決めたようだ。お金がかかるからダメ、とは言えない。これもまた銀行ローンである。進が旅立つ時、美里は中二となった。美里に出生のことも話し、進のいない淋しさもあり、私の心の中は複雑にざわめいていた。変わることのない隆、それに姑のミツ、そしてやはり変わることのない美里が残された。進がいなくなれば、隆の帰る時間だけを考えれば良い。美里には好都合だったのかもしれない。「学校に行きなさい」などと言ったものなら、「うるさいクソババア」から始まり口争いになる。そうなると手がつけられない。自分の思うようにいかなければ、暴力を振るい、暴言を吐き、面白くなければ物に当たり、止めるのに大変だ。もう進と話して心を救われることもない。そんな時美里が犬を飼いたいと言い出したのだ。美里自身、自分をどうコントロールして良いかわからないでいるのだろうと思った。心のなぐさめになるかもしれないとは思うが、私はこの時ばかりは、絶対ダメだと言った。美里に蹴られても、クソババアと言われてもだ。改めて進がいた日々に感謝する。今度は全部自分で受け止めなくてはならない。話す相手も、聞いてくれる人もいないのだ。人の不幸は蜜の味だと言う。他人に話すわけにはいかなかった。

コロへの懺悔

犬が飼えないのには理由があった。それは進が幼稚園の時のことだ。園長先生の所で子犬が生まれ、その一匹を進がもらってきたのである。進は四歳だった。子犬は雑種犬で外犬だった。猫の額ほどの狭い花畑で飼うことにし、コロと名をつけた。進はコロとよく散歩に出掛けた。とても可愛い犬だった。私たちが見えなくなると、飛んで探して走るコロの姿見たさに、進と二人でよく隠れたものだ。犬は三日飼えば一生恩を忘れないという。コロがわが家に来て二年になろうとしていた。私はあれもこれもと毎日が忙しい中、犬の面倒も見なければならないのだ。ベランダ越しにコロが見える。外を見るとフンも当たり前にそこでする。

フンを見つけた時はすぐスコップで花畑の土に埋めなければならない。それが忙しさゆえ、忘れる時もある。そんなところを隆に見られたものなら、そのスコップで犬をたたくのである。犬はつながれながらも、逃げまわり、吠える。それにまた腹が立つらしい。犬の気持ちなど全く考えず、隆は何でも自分の思い通りにならないと気が済まないたちだ。私は隆に、「もう止めて私が始末を忘れたから悪かったのだ、犬のせいではないから」と言っても、隆は「こんな犬捨ててくる」と言う。じゃ、お前は排泄しないのか、と心の中で思っても口に出すことができない。

それからは注意していたが、ミツに当たられ腹が立てば、忘れてしまうこともある。そんな時、犬のフンをスコップで土に埋めている隆の姿を見た。本当に驚いた。でも最後はやはり一発殴る。人間の性格や物の考え方は、そう簡単に変わるわけないのだと思った。

そうして、それから二ヶ月ぐらい過ぎた頃、隆は「進と犬を連れてドライブに行く。お前も行くか」と聞く。もちろん「行く行く」と答える。犬はトランクだ、ライトバンなので後部シートでコロと遊んだ。どのくらい走っただろう、海辺が続くロードであった。車が止まった。

隆がトランクを開けるやいなや、コロはうれしくて飛び降り走る。私も進も降りようと思いきや、隆はさっさと運転をして走り去ったのだ。私は「止めて、止めて」と泣き叫び、コロはまっすぐな道を車を追い掛けて走る。だんだん小さくなっていくコロ。この光景は、決して忘れることのできない、心からの悲しい出来事だ。隆に殴られた時も、ミツにくそみそに言われた時も、これほど悲しいと思ったことはない。

隆は車を止めることなく家に帰って来たのだ。隆は最初から捨てて来るつもりだったんだ、とその時初めてわかった。私は毎日のように泣き暮らした。コロを思い出すと今でも涙が出る。コロは戻っては来られないだろう。私に運転ができたならと何度思ったことか、コロは置かれた所でじっと待っているだろうと思うと、コロごめんね、ごめんねと毎日心の中でわびるしかなかった。私はその時初めて〝神かもうな〟ではなく神さまにお願いをした。どうか可愛がってくださる方に拾われますようにと、何度も何度もお願いをした。その時からこの夫がいる限り生き物は飼えない、絶対に飼わないと心に決めたのだ。

でもコロのことは美里には話していない。美里を同じ目にあわせてはならないから「何でダメなのさ」と聞かれても、私は決して賛成はしない。美里は今まで以上に暴れまくり、学校はもちろん行く気配はなく、私も仕事に遅れてしまう、そんな日々が続いた。ローンがいっぱいなのにこんなことしていられないと思い、私は美里に「お父さんがいいと言ったら飼ってもいい。その代わり、自分で話しなさい」と答えた。隆は美里があまり学校に行っていないことも知らない。話したらどうなるのかと思うと話せないのだ。美里も隆の心は知っているようだ。

私は、隆がいいと言えば私の責任ではないし、隆自身が決めたことだ、と思うことにした。美里は自分で話した。隆は少し考えたが、いいと言った、そして美里に「外で飼う日本犬でなければダメだ」と言った。それを聞いた私は、コロも外で飼う日本犬だっただろう、と腹立たしさでいっぱいになった。

ハスキー犬のジョン

犬の話には、もう一つのドラマがある。私が長く働いていた会社の社長の家でハスキー犬を飼っていた。この犬も社長が飼ったのではない。ここの娘さんの久美も、もらい子である。私がずっと家で仕事をしていた時からよく知っている。社長夫妻は子どもに恵まれなかった。社長は顔も広く、病院関係者から注文もよく来る会社であった。その病院関係者から話があり、久美を養女ではなく自分たちの実子として育てることになった。久美が大きくなった頃、ハスキー犬を飼うことにした。社長の奥さまは乳ガンでこの世を去っていた。久美が十六歳の時だった。社長は、その当時はデパートの下請けもしていてとても忙しかったが、自分で弁当を作って久美に持たせ、飛び回りながらの生活をしていた。私もその頃は何度か弁当を作って届けたことがある。母親が先に亡くなると、家庭は一変してしまう。

犬は一年で七歳年を取ると言うが、その犬が人間でいえば十五歳になった頃、高校を卒業した久美は、働きもせず男遊びをしていた。犬のことなどどうでもよいとばかりに、全く面倒を見ない。ハスキーはとても大きい。食事が欲しくて吠える、散歩をしたくて吠えるのだが、久美は犬が吠えると、うるさいと言っては長い棒でたたき、食事も与えたり、与えなかったりだった。そんな日が長く続きハスキーは、吠えることを諦めたように、やせ細っていったのだ。社長は日中はデパートである。私たちは工場で仕事をする。一階は社長たちが暮らす居間であり、寝室となっている。そして二階が工場である。

仕事中、近くのスーパーに行って弁当を買う。ハスキーに食べさせるためだ。しかし、凶暴になっているのでそばには近寄れない。お腹をすかしているから、食べる物を見ようものなら、その巨体で飛びかかってくる。私たちは二階からハスキーに向けて、弁当の中身を投げ落とす。あっと言う間に食べ切る。そんな日が続いた。ハスキーは、上を見上げれば食べ物が与えられることを知るようになったのか、私たちが覗く度じっと上を見上げている。そんなある日散歩でもしてあげようと思い、おそるおそるハスキーの元へ行き、クサリを取り、さあ散歩だよと友と二人がかりでリードを持った。私たち二人はハスキーに引きずられ、足や手もあざだらけになりながらやっとの思いで水場につないだ。それでも、食事を与えてくれる人がわかったのだろう。毎日毎日上を見上げる姿に私はもう限界だと思うが、隆のいる家に連れて帰るわけにはいかない。私は久美に「今日一日私の家に連れていくね」と言った。久美は、「いらないからあげるよ」とあっさりと言う。とにかくすぐに答えは出せない、あの隆だ。私はハスキーを車に乗せ家につれて来て、以前コロをつないであった所につないでみた。初めての家だ、不安そうな表情で私から目を離さない。その頃、私の兄は子どもたちも巣立ち、夫婦二人と母タエの三人で生活をしていた。その兄と義姉に話した。義姉はいいよと言ってくれた。そしてハスキーをつながなくても自由に中で歩けるようにと、工夫をして大きめのおりを作ってくれた。ハスキーには、私がジョンと名付けた。そのうち私のことは忘れてしまうだろうと思っていた。ところが兄の家に行ったら、私の顔を見る度に甘える声でクーンクーンと鳴く。尾を振る姿に何度涙を流したことか。私は本当に兄夫婦に感謝した。そしてジョンは兄たちに可愛がられ、十三年の生涯を閉じたのである。これが二度目の犬との出会いであった。

生まれたばかりでやって来たハチ

そして、美里のたっての願いで飼うことになったのが、柴犬のハチである。生まれたばかりの小さい子犬を外で飼うのはちょっと可哀そうだし、二ヶ月ぐらいは家の中でとお願いをされ、隆もうなずいたのだ。美里は子犬を抱き、その子犬に目をうばわれるような顔をした。本当に良かった。美里とも犬のことは自分で責任を持つことなど約束をした。

私は以前のようにはなりたくない。そのことだけを考える。毎日夜遅くまで仕事だが、数日は何となく忙しさの中に心豊かな時間が流れたように思う。しかし、その数日間もあっけなく終わってしまう。美里は犬の世話を何一つする気はない。相変わらず学校は行きたがらず、休むありさま。それでも毎朝美里を迎えに来てくれる友には理由を付けては、うそをつき続けた。今日は風邪で休む、熱がある、お腹が痛いなどなどだ。

出生について話した後、美里は「私を産んだ親はどこにいる」と問う。私は知ってはいたが知らないと答えた。戸籍に載っている母が本当の母親だと思っているのだろうが、真実を説明するのは、あまりにも酷なことだ。美里は私たちの養女にしたのだ、どんなことがあってもどんな書類でも父隆、母幸子と書けるのである。実母のことを話すつもりはなかった。私は美里に尋ねた。「産みの親に会いたいの……。私たちが親なら、不満なのかい……。その親に会って何をどうしたいの」。美里は答えた。「殺してやる」「何が不満なんだ。美里のそんな姿を見たら、ああやっぱり、捨ててよかったと思うわ。私も美里の親の立場になったらそう思うね。もし私が美里だったら、私はあなたに捨てられても、こんなに立派に成長しましたと言える女になって会いに行くね」「うるさい。クソババア、なんで養女にしたんだ。頼んでもいないのに。帰る」「どこへ」「決まっている児童相談所だ」と言う。「あ、そう。じゃ、連れて行くから、支度しなさい」。

美里も本当に連れて行かれるとは思わなかったかもしれない。私は美里を養女にしてからは、児童相談所とは関係がないかのように一度も足を運んだことはなかった。でも里親を辞めることはなく、会費は必ず払い続けてきた。私は児童相談所に着くなり、詳しい説明などはせず「娘が帰りたいと言うので置いて行きます。あとは娘に話を聞いてください。よく話を聞いて、お電話を」とだけ伝え、美里を置いて出た。その足で中学校の担任と会うことにした。初めてである。学校ではまずいのでどこか話せる所でと、喫茶店で会うことにした。

美里が養女であること、そして、小学校の頃のイジメが尾を引いていると思うことなどを真剣になって話した。美里はもしかすると本当はいじめられてはいないのかもしれない。でも後ろから生徒が来ると、自分のことを言われているのでは……という、疑心暗鬼にかかっているのではないかと思うので、先生にはこれから注意深く見ていただきたいと話した。でもこの先生にはこちらの気持ちはあまり通じなかったようだ。

そうこうしているうちに夏休みになった。学校に夏休みがあるように、専門学校の進も夏休みで帰省している。高校時代の友と会い楽しい日を過ごす進。美里も学校が休みなので心も落ち着くのだろう。

美里が普通の生活を取り戻し、進のように楽しい生活を送れるよう、この機会にと思って人生について話をした。私の小さい時の話、そして里親文集、幼稚園の卒園文集、美里が大きくなってこの文集を、何度も何度も読み返してほしいと語ったが、美里はその時はそれすら腹立たしかったのだろう。いきなり私をなぎたおしたのだ。よろける自分が哀れになり、つい涙が溢れる。それをじっと見ていた進は、カッとなったのであろう。美里に「お前……」と言って、手を上げた。私は進を止めた。「何であれほどまでされて美里、美里なんだ」「美里は心のやり場がないのだろう」と進に話した。男の暴力の怖ろしさを私はよく知っている。いくら相手に非があっても、暴力はいけない。けがをしたら大変なのだ。その内きっと、わかる時が来る。

美里は進にたたかれ、二階の自分の部屋に上がっていった。それ程強くたたいたわけではないが、大丈夫かナ……と心配し、美里なりに心を痛め考えているだろうと私は思っていた。進といろいろな話をし、きっと美里も立ち直る時がくる。今は苦しくても長い目で美里を見守って行くと進に伝えた。美里の苦しさも、わかってやらなければ……と様子を見に、美里の部屋に上がって唖然とした。私が思うほど美里は何も考えていなかった。イビキをかいて、ベッドの上で寝ているではないか。私は驚きはしたが、これでいいのかも……とありのままを受け止めたのである。何でも前向きに、そしてありのままに受け止め、正直に生き過ぎてきたのでは、と今は思うが、その時はそういうふうに生きることが大切だと思っていたのだ。

美里は休み休みではあったが、中学校を卒業しようとしていた。本来ならば出席日数も勉強も話にならない状態だった。それでも何とか高校まではと思っていた。私たちの時は義務教育で学校を終えても普通だったが、世の中はせめて高校ぐらいはという時代になっていた。

本当にこの頃出会った人には感謝している。「地元の高校では無理だけれど、隣町の高校にバスか汽車で通うことはできますか」「ハイ、どこでも構いません」。高校卒業の学歴があれば、なんとかなるだろうと思っていた。出席日数も少し書き足し病欠としてくださった。受験した結果、そこは定員が満たない所なので、合格したことになった。

美里十五の春である。進は専門学校を卒業、札幌で就職した。道内であることを望んでいたので安心もした。その点美里は子どもなのか、家の中では自分の天下であり一歩外に出ると口数は少なく、いい子だね……とどの人からも言われる。まるで姑のミツと良く似ている。しかし血のつながりはないのだ。それでも、自分の心のはけ口を私にぶつけられることに、安堵したものだ。それもなかったら生きることも大変なのだろうと考えていた。中一の時に美里に生みの親ではないことを伝え、高校を卒業するまで、いやその後も、暴言を受け止め一言一言と話す言葉に気を遣い、ただひたすら美里を案じ、隆に気付かれぬよう守り続けた。

養女にしなければよかった……と思ったことは一度もない。ただ死んでしまったら楽になるだろう……とは何度も思った。私はこらえきれずに親友の恭子ちゃんの所に二度程泣いていったことがある。私は、よそではほとんど家の話はしないので周りからは良い家庭に見えていただろう。なるべく自分の家庭のアラは話さず、良い所だけを見せる。どの家庭もそれが普通ではないだろうか。だから私のすべてを知っている友は限られている。ただ黙って私の話を聞いてくれる、それだけで私は心が楽になるのだ。恭子ちゃんとは何十年来の親友だ。お互い支え合い、本音でぶつかりあえる。そういう友だちがいることが本当にありがたかった。

美里に秘密を打ち明けた時から五年が経った。長かったようでもあり、短かったような気もする。これで少しは美里も大人になっていくだろう。もう十八歳だ。高校も何とか卒業した。美里にはすべての秘密を話したわけではないが、養女であることさえ伝われば、それで十分だと思った。

美里、専門学校へ

美里が高校を卒業した年は大変な就職難だった。別に、正社員になれなくてもアルバイトをしながら家から通える所で仕事をすればいいと思っていた。

ところが美里は専門学校へ行きたいと言う。高校も親の手を借りながら、やっと卒業したのだ。美里には無理だと思った。人と交わりながら、一人で寮生活を送るなど美里にはできない。私は「バイトでもいいじゃない。そしてあなたの心を磨きなさい。いくら良い所に就職できても心がなければ、何にもならない。バイトでも私たちが見ていて、ああいい子だナ……と思う子は、やはり良い相手とめぐり合い、良い家庭を作るのを見て来たよ」と話した。ところが美里は「自分の子には専門学校に通わせて、なぜ美里はダメなのさ……」と兄の進を持ち出したのだ。「自分の子か養女かは関係ない。二人とも私たちの子どもだよ。私は今までの生活態度を見て話しているんだよ」と言うと、「うるさい。もういい」とふくれっ面である。

私はどうせ聞こえていても、返答はないだろうと思いながらも隆に話した。ところが、この時は隆も黙ってはいられなかったのだろう。何年も家族として暮らしてきたのだ。隆もそれなりに美里の成長過程を見てきたのだ。「あいつにはできない」と隆は反対だった。私もそう思うが、頭から決めつけるといい結果にはならない。私は美里に話した。「私たちも生活が大変なので、進学ローンで美里が卒業してから自分の働いた給料の中から支払っていくことができるのであれば、どうだろう」。美里がそれでいいと言うので国のローンを借りることにした。ローンはなるべく少なくと思い二百万円にした。後は何とか働きながら仕送りをして行こうと思った。最初に入学料、授業料、教材費などで百万近いお金を振り込んだ。あとは半年ごとの授業料と教材費であるが、それ以外の生活費は毎月仕送りしなければならないのだ。

美里はトリマーになるために札幌の専門学校に入った。寮にあいさつに行き、美里のことをお願いした。美里の部屋には、淋しくないようにとテレビ、ＣＤなどいろいろと整えた。そしてその夜、美里、隆、私と三人でホテルに泊り、翌日の入学式に出席をした。「頑張れるよね。いいんだよね」と言う私たちに、美里は「わかっている。大丈夫」と笑っていた。その姿に、ちょっぴり不安も消えた私たちは札幌を後にした。

進が寮生活をしていた時は寮の呼び出し電話で大変な思いをした。何度掛けても「いません」と言われたり、「電話するように伝えてください」と言っても、電話もくれず……、と待つ方は心配で心配でたまらなかった。そんな思いをしたので私は美里が専門学校に入るに当たり、携帯電話を持たせることにした。

授業中以外なら、いつでも連絡ができるのも魅力だし、淋しい時はいつでも電話ができるだろうと思ったからだ。その反面私は、携帯を持たせることの意味を知ろうとしなかった。ただただ、電話がつながればという、本当に安易な考えしかなかったのだ。

痴呆症状が出始めた母

美里が家を出て行くのと同じくして、母のタエが家の段差につまづいて転んで足の骨にひびが入り、入院となった。兄たちが住んでいるのは小さな町のため内科はあるが、外科のある病院は少し離れた町に行かなければならない。その頃兄は糖尿病を患い仕事ができず、義姉が生計を立てていた。私はタエを自分の町のT病院に入院させ、私が見ていくことにした。足が治るまでの少しの間なので、あまり深く考えなかった。

しかし今まで入院生活をしたことのないタエは、あっと言う間に痴呆の症状が出始めた。私は仕事の帰りにT病院へ毎日通った。何も変わりない日もあるが、変なことを話したり、私のことさえわからない日もあった。家庭の事情は病院側も、わかってくれていた。タエは少しずつ歩けるようになり、退院できる日が近づいていた。兄の家に帰っても、日中は義姉は仕事に出ていて、母の面倒を見るのは兄になる。その兄は自分のことだけで精いっぱいで人の面倒まで見られる状態ではなかった。病院側からは、同じ建物の三階にある介護施設に入所手続をした方がいいと勧められた。本当は順番を待たなければならなかったが、家庭の事情もありすぐ施設に入所できた。しかし、タエは何ともない時はいいが、ボケが始まると人の目を盗んで徘徊をする。施設側では、タエだけを見てるわけではないのでそれに対応するのは大変だ。タエを精神科のある病院に入院させ、おとなしくするために薬漬けにした。

病院には何か母の食べられそうな物を持って、車で毎日通った。その病院では、患者が勝手に出られないように、ドアにカギが掛けられている。面会と言うとカギを開けてはくれるが、帰る時はまた施錠される。母は普通に話をする時もあったが、本当に見るからに痴呆状態の時もあった。口からよだれをたらし、目はうつろで、体はクタクタと頼りない。食事の様子を見ていると食べさせてはくれるのだが、口の中にまだ食べ物が残っている内から、どんどん口に入れていく。母だけではない。皆がそんな扱いだった。それでも私は何も言えなかった。嫌なら、自分で見てあげればと言われたら、見られる自信がないからだ。食べ物で口の中がいっぱいになり吐き出すと、もう食べないと判断して食事を終わらせ、後はどんなことをしてでも、薬を飲み込ませた。

それからは、私はなるべく昼食時をめがけて行くようにした。一日に一回でも、きちんと食べさせてあげたかった。仕事を休んで、毎日母の好きな物を持ち、片道一時間の病院まで通った。月のガソリン代だけで五万円の出費であったが、だんだんやせ細って行く母を見て、後悔はしたくないと思ったのだ。どんな形であろうと、人間は必ず死ぬのだ。母が普通の会話ができる日には食後の薬を飲みたくないと言う。「でも、飲まなきゃダメだよ」と答えると、「頭をバカにする薬か」と言う。その時は母がボケていると思い、「とりあえず飲もう。これを飲んだら今日は終わりで、後は夜の寝るための薬だけだから」と言うと、「そんなことはない、またすぐお替わりがくるのさ」。

私は一人になった帰り道、母が骨折で入院し、そして施設に移り、その後この病院を指定されて入院したことなど思い返してみた。母は少しずつ良くなり、何とか歩けるようにもなっていた。そうだ、母は歩いてこの病院へ来たのだ。

以前は、もっともっと普通に会話ができたはずだ。しかし今はどうだろう。ほとんどまともな会話ができず、まるで牢屋の中のように、一歩も外へ出ることは許されない。私は、母をこの病院から出して以前に入院していたT病院の施設に移したいと義姉に相談をした。

T病院には母が三ヶ月も入院していたので、私の顔は皆よく知っている。私の方は知らなくても、私のことを知らない職員がいるならもぐりだろう。この頃、看護婦の名称が看護師に変わった。私の希望を看護師さんが院長に話してくれた。院長先生からは、受け入れに際して親身なアドバイスをいただいた。今の病院とは決して争ってはいけない。通うのがあまりに遠くて大変なこと、もっと近くの病院で母を見て行きたいということを切実に訴えるようにと教えられた。

母の転院

私は母のいる病院と話し、T病院に移ることを了承してもらった。平成十四年の八月十三日のことである。朝、兄と私で母を迎えに行ったが、そこにいるはずの母がいない。看護師さんに聞いてもわからず、あちこちと聞いて回った。そうすると一人の看護師さんが「タエさんは一番下の階にいます」と教えてくれた。

そこで母の姿を見た私は思わず、叫びたくなった。霊安室に、おむつ一枚で寝かされているではないか。なんでこんなことができるのだろう。でも私と兄は車いすを借り、そのおむつだけで裸のままの母を兄の車に乗せ兄の上衣を掛けた。病院には今までお世話になりましたと、菓子折りを添え、涙を必死にこらえて頭を下げた。

移動の途中衣料品店に寄り、服とズボンとオシメを買い、母に着せてから連れて行ったので、約束の十二時に少し遅れてしまった。心配したT病院から電話がかかって来たが、詳しい話もできず、もう少しで着きますのでよろしくお願いしますと言うしかなかった。T病院では、緊急入院の態勢で待っていてくれたのだ。今回の転院は私たちが考えるほど簡単ではなかったようだ。面倒な手続きをしてまで、受け入れてくれたことに感謝の気持ちでいっぱいになった。

転院した母は食事をするという脳が働かなくなっていた。T病院では「精神科で使っていた薬の影響だと思うが、もしこのまま食事を取ることができなければ、点滴だけでは長くはもたない」と言われた。でも私は何とかもう一度、タエと話してみたかった。たった三ヶ月前までは話もでき、歩くこともできていたのに、と思うと声が詰まった。先生は、今はすべての薬を止めているので、少しずつ薬の作用が薄れていくとは思うが、食事ができないことが一番の問題であると言う。そして胃ろうを提案された。母のお腹に穴を開け、そこから栄養を入れるのだ。私は驚いたが、母も八十三歳である。そう長くは生きられない。それもよしとしようと思った。穴を開けるのは本人は痛くはないし、もし自分の口から食べられるようになればその口をふさいでおけるという。

平成十四年八月二十三日、胃ろうの処置がされた。タエは次第に私たちのことがわかるようになり、普通に話をすることもできるようになっていった。自分の口から物を食べられるようにもなったので、三百六十五日毎日何かを持って行き、母に食べさせてやれるのが私の喜びとなるまでに何日もかからなかった。病院の中でも、看護師さんたちにも可愛がられ「タエちゃん、ほら幸子来たよ」と、皆も私のことは幸子である。兄も義姉もわかるようになり、本当にこのT病院に感謝感謝だった。

美里の裏切り

美里の携帯電話に何度掛けてもつながらないのは、美里がバイトで忙しいのだろう……と疑いもしなかった。美里には携帯を持たせたが、私自身は持っていなかった。家の固定電話で十分だと思っているし、携帯電話の使い方も、さっぱりわからない。時代の流れについていけない。たとえ電話に出なくても着信履歴が残ることさえ知らなかった。

美里が専門学校へ行って半年が経とうとしていた。ある朝、一本の電話がかかってきた。美里からだ……と思い、とっさに「美里」と呼ぶ。「私、M専門学校の泊崎です」「はい」「大変申し訳ありませんが、入学日以来、美里さんは出席していないんですよ」「はい?」「美里さんに何度も学校の方に出席するよう話もし、寮の方にも何度も足を運びましたが、明日から出る、いつから行くので、家の方には電話をしないでと言われていました。私たちも随分待ちましたが、来る気配もなく半年が経ちました」「後期の授業料もあることですので、一度来ていただきたいのですが……」「はい、明日行こうと思います」「お待ちしております」。

半年といえば六ヶ月ではないのか。私はこの六ヶ月の間、何をしていたのだろうか。隆に専門学校からの電話の内容を伝えた。話を聞いた隆は、「こいつ何を考えているんだ。電話をしたが、やはり出ない。お前、明日学校に行って辞めるように話してこい。寮にも行ってそこも引き払うか、それとも札幌に居たければ居ても構わないが、もう仕送りはしない。自分の力でやれるなら構わん。学校に戻ることはできない。これ以上おれたちにどうしろって言うんだ。帰りたければ帰って来ればいいし、札幌に居たけりゃ、居てもいい。好きなようにだ」と吐き捨てた。

私は一人でホームシックにでもかかっていたのか、自分から望んで札幌に出たから電話もできずにいたのか……と複雑な思いを抱えたまま札幌に向かった。学校に着いてから美里に電話を掛けたが、やはり通じない。私は寮の部屋で美里を待った。今日家に帰るのは無理だろう。美里とホテルに泊まるしかないと思いながら美里を待った。午後四時ごろ美里が帰ってきた。これから学校に行くと話し、美里を連れて校門をくぐった。

学校側は「少し考えて来年また一年生からでもできますし、一人になりホームシックも重なったのかもしれませんね」などと話してくれたが、私の腹の虫は収まらない。「そうですね。本人とよく話し合いまして、今回は退学したいと考えて来ました」。美里は黙ったままだ。本当に腹が立つ。

私が大変なことは知っていただろう。夜となく昼となく仕事をし、美里たちを育ててきたことも。何不自由なく誰よりも愛されて育ったのに、何なんだ。私は寮に戻り、隆が言っていたことを美里に伝えた。「帰りたきゃ帰ってくればいい。居たけりゃ自分の力でやればいい。どうするの」。それを聞いた美里は、全く悪びれた様子もなく「さて、どうするかなあ」だ。何それと思った瞬間「やっぱり帰るわ」と言う。私は頭に血が上り、思いきり美里のほほを殴った。

何でこんな子とホテルに泊まらなければならないのだ。寮母さんにあいさつをし、荷物は来週取りに来るのでそれまで置いてもらうようお願いをし、深夜バスで帰ることにした。バスターミナルで、バスが出るまで五時間程じっと待った。今までのことを考えると泣けてきた。何でこうなんだろう。どこで育て方を間違ったのだろうと、考え続けた。

家に帰ると私はまた仕事に出掛ける。美里は何を考えているのやら、何をするでもなくぶらぶらしている。そんな日常が過ぎたある日、ようやく美里から「仕事をするから何か探してよ」と言ってきた。「何でもいいのか」「うん何でもいい」。美里は免許を持っていないので、送り迎えのある仕事でなければ、働きに出られないだろう。私の友だちの菅野さんがベッドメイクの仕事をしていたので、聞いてみた。菅野さんの紹介で働き始め、ホッとしたのもつかの間、二、三ヶ月で辞めてしまう。また次の所も二、三ヶ月しかもたない。仕事に就いたばかりの時は一生懸命で、どの会社からもいい人を紹介してもらったと思われるが、急に行かなくなる。それも勝手に行かなくなるのだ。雇い先の社長から「シフトを組んでいるので休む時は必ず連絡してくれなければ困る」と私に怒りの電話が入り、それを美里に伝える。「休む時は休むと言わなければならないし、辞めたい時は必ず自分で話しなさい。黙って休んだり、黙って辞めたりするんじゃない。もう子どもじゃないんだ」と言っても、美里にはなかなかわかってもらえない。変な所は大人で、変な所は子どもで、まったくアンバランスだった。そうこうしているうちに半年が過ぎてしまった。

美里、再び札幌へ

美里はまた札幌に行くと言い出した。専門学校に行く時も私たちの反対を押し切って行ったのだ。また札幌とは何をしに行くのだ。専門学校の費用もドブに捨てたようなものだ。今まで、ただただ働いてきた。美里が何かしでかす度に、その後始末もしてきた。自分は何をしているのだと、情けなくなる。美里がどんなことをしても助けてもらえると思っていることが、私には許せなかった。私は、すべてを投げたい気持ちになっていた。ここは隆にも話さなければダメだと思い、美里には父の前で自分の考えを伝えるように話した。隆も私と同じことを美里に話す。「美里、また札幌と言うけど、ここを出て行くのなら二度と戻っては来れない覚悟で行け。札幌で頑張れるなら行け。だが後始末は、もう二度としない」と言った。

この後も美里の専門学校のローンを支払っていかなければならない。いつになったらお金の苦労から解放されるのやらと思った。美里から自分の着替えなど詰めて、ここに送ってくれと住所を書いたメモを渡された。そこで初めて美里に彼氏がいたことに気付いた。札幌にいた時、学校も行かずそんな遊びをしていたのか、と愕然とする。住所は札幌の隣のI市だった。

私は美里が家を出た後、荷物はそこの住所に送った。荷物が戻って来なかったので、そこに住むのは本当なのだろうが、私は荷物を送ると同時にその住所を破り捨てた。そうして、私は私、隆は隆、と夫婦というより同居人のような生活にまた戻った。仕事から帰って来ても、何を話すわけでもない。本当に他人が一つ屋根の下で生活をしているようなものだった。

美里は十九歳となっていた。平成十三年だ。私の友、恭子ちゃんは私の人生をよく知っている。「なんで養女にしたんだ。バカみたいに。息子がいたのに」と言う。「あんたを見ているのが辛い。なんでなんで」と聞かれた。

恭子ちゃんは、普通なら専門学校に一度も行っていないと聞かされたら、とても許せることではない。夜中まで一生懸命働いて、お金を工面する姿を見てきているのに。なぜ毎日遊び歩けるのか、自分には考えられないと憤慨していた。でも、私は不思議とも何とも思わず、二度目の拾い上げをし、後始末をした。本当に今まで金、金、金に追われる人生だったなと思っただけだった。

男の影がちらついていた美里は、楽しく暮らしているのか定かではなかった。専門学校の時は電話料も大変だったので、また札幌に行くと言った時は、支払いは美里の名で契約を交した。それでいいと美里も言った。美里は無職なので、契約者は私でなければならなかったが、電話料を支払わなければ止められるだけで、私の所には請求は来ないようにした。

美里からの手紙

私は毎日の忙しさで、美里のことを忘れていた、というより考える暇がなかった。美里の荷物をI市の住所に送ってから、三ヶ月余りの時、自宅に一本の手紙が届いた。部屋を借りるので、私たちに保証人になって、印鑑証明を送ってほしい。今友だちの所にいるので……と書いてある。その手紙と一緒に不動産の契約書が入っていた。私は美里も少しは大人になったかと思った。一応隆に話した。部屋がなくて、友だちにいつまでも迷惑を掛けてはいられないからと、送ってやることにした。そして美里に電話を掛けたが出ない。私もバカだった。何度、騙されれば気がすむのか、と今は思う。

その頃、タエは少しずつ話ができるようになり、時には意味不明なこともあるが安定していた。不動産の契約書など送ってからも、美里からは何の連絡もなく一年が過ぎた。私は契約書にあった札幌の不動産会社に電話を掛けてみた。契約は変更しているが、部屋代はきちんと払っていることを確かめた。その上でもし一ヶ月でも、滞ることがあれば必ず電話をくださいと、念を押しておいた。

美里が札幌に出た後、隆とは会話のない生活が続いていた。姑ミツは齢は取っても、口だけは達者である。進が札幌に職が決まった平成十一年、私が五十歳の時から二階の進のいた空き部屋が私の寝室となった。夜遅くまで明かりをつけて仕事をしようが、本を読もうが、誰にも文句は言われない。家事をこなし、夜は針仕事と稼がなければローン地獄だ。そしてその頃から隆と別れることを真剣に考え始めていた。今までの人生を思い、子どもたちも巣立った今、まるで他人と暮らしているような生活では一緒に居ても意味がない。美里の専門学校のローンにも隆は了承はしたのだ。住宅ローンもあと少し、進の学費ローンもまもなく終わろうとしていた。この歳になっても貯蓄なんて何もない。ただ一日一日を精いっぱい生きて来ただけだ。美里のローンぐらいは、夫が支払っていけばいいと思うようになっていた。

一週間の家出

世の中では次第に、既製品がS、M、L、LLとサイズも豊富になり、人に合うように作られるようになってきた。洋裁店も少しずつ姿を消し始めて来ていた。平成十一年当時は、一緒に働いていた同僚も、少しでも若いうちにと転職を考え始めて次々と職場を後にしていった。私もそうしようと思うが、なかなかその決断ができない。良くも悪くもこの会社に働き何十年。

若い時には社長の奥さまに美里を見てもらい働かせてもらったこともある。もし誰もいなくなったら、この社長はどうなるのだろう。様々な思いが頭の中をかけめぐる。社長はもう七十歳を過ぎていた。高齢でもあり、いつ仕事ができなくなるかわからない。娘の久美は乳がんで入退院を繰り返し、社長も久美にはお金も掛けた。転職する同僚の気持ちもわかるが、私は一人になってもこの社長を支えていく覚悟をした。そして、本当に一人になった。社長は仕事でデパートに行き、娘はベッドの上で臥している。何かあれば二階の仕事場に声を掛けるようにと伝えて一人で仕事をこなした。

仕事も次第に減っていく。私は、まだ二十四〜二十五歳の頃一緒に働いていた太田さんを訪ねた。何十年ぶりかに会っていろいろな話をした。今、私が直面している問題から、隆との生活のこと、美里のこと、話は尽きない。隆と別れることを考えるのなら、確実にお金が入ってくる道を考えなければ生活はできない。昔、「お金を貯めておくのも、子どもの小さいうちだよ、大きくなればなったように、みるみる金がかかってくるもんだよ……」と近所のおばさんに言われたことが本当に身にしみた。でも私には貯蓄する余裕などなかったのだ。ミツとの二重生活に始まり、隆に殴られてなけなしの金を持ち出され、そしてローンに次ぐローンと、一日一日をやりくりしていくのが精いっぱいの毎日だった。太田さんは社会福祉事務所での仕事を世話してくれた。一日中は働けないという話もしていたので、午前中は会社へ行き、午後からは福祉事務所で働くことにし、久美と社長に話した。

福祉事務所では雑務担当である。それでも通勤手当なども出て、仕事も楽なものだ。障害者を雇うという枠の中にちょうど空きがあり、紹介してくれた太田さんに感謝である。日曜日は朝九時～午後五時までの勤務だ。日曜日は隆が休みで家にいるので、私は働いている方が都合が良かった。それからは毎日この家を出ることだけを考えるようになった。

そして、美里が家を出て一ヶ月程経った頃、ついに家を出る決心をした。ここ数年貯めていたお金でアパートを借りた。私は本当は隆にきちんと別れ話をしたかったが、どんな目に遭うかと思うと言い出せず、手紙を残して家を出たのである。

例えどんなに生活が苦しくても、二度と家へは戻らないと固く決意していた。手紙には「話がしたければ、私は逃げも隠れもしない。同じ会社で同じ仕事を続けるが、戻るつもりはない」と書いた。

ただ、家を出るに当たり美里が飼った柴犬のハチが問題だった。ハチは美里がこの家からいなくなり、安心した毎日を過ごしていた。美里は自分が気にくわなければその辺にある物を投げつける。それを見ると私も黙っていられない。叱ると、今度は私を押し倒し、ドアをペシャンと閉めて出ていく。ハチは美里が暴れると、必死に逃げまどう。美里が家にいる間はずっと美里の顔色をうかがう毎日だったように思う。今は私が仕事から帰ると目を細くして、ちぎれんばかりに尾を振り、うれしくてシッコもしてしまう。毎朝五時に散歩をして、トイレを済ませ、仕事から帰りまた散歩、そして夜もう一度トイレを済ますためにと毎日ハチと歩いた。ハチは私しか頼る者がいない。そんなハチを置いていくわけにはいかない。一緒に連れて出た。

しかし、この家から出ることだけしか考えていなかった私は、アパートでは犬は飼えないことに気が付かなかった。ハチは車の中に置いておくしかない。私の借りた部屋は六畳一間で、駐車場に面した上の階である。窓から下を見ると運転席に座ったハチが、目をそらすことなく上を見上げている。涙が出る。朝会社に行くときもハチと一緒に出勤するが、ハチは食事もせず、水も飲まない。私は、途方にくれた。以前と同じように朝五時に起き、散歩をしていた道をハチと歩き、手で水をすくうようにして口へ持っていっても、決して飲まない。ただただ家の方角を見て帰りたいな……と私に訴え掛けるのだ。私は部屋は借りたが一晩もそこで休むことなく、毎晩車の中でハチと過ごした。一週間が経ち、結局私の方がハチの心に負けた。私は家を出ることを諦め、また元の古巣に戻ったのだ。隆は何も言わない。手紙を残して出たことをとがめたり、聞いたりもしなかった。

ミツとの対決

一週間も家を空けながら、戻って来て平然としていられる私が憎いのか、ミツは町内会長を呼んで来た。何があったのかと思ったら、ミツは町内会長に「うちの嫁は金がなくなると家を出て行く。自分が出て行くから、その間に私から金をもらえと息子をそそのかし、金を取ったらこうやって帰って来る。私も生活しているんだ、年金でやっているんだから、そんなにそんなにあるわけがない」。私はそんなことで家を出たわけではないのに、隆は黙ったままだ。ミツは続ける。「いつも金はないよ、金はないよと隆に言っているではないか。隆が可哀そうだから少しは小遣いをやってるが、そう毎日できないべ」。私は隆がミツからも小遣いをもらっていることを初めて知った。

とうとう私の中で何かが切れた。「私はお小遣いをもらっていたことなんて知らないし、お金がかかるのは当たり前でしょう。住宅ローン、光熱費など皆私たちが払ってるんですよ。あなたは、何一つ支払うことなく、部屋の中でストーブをたいてぬくぬくしているんでしょう。電気でもガスでも支払いは全部こちら。この家を建てる時も、あなたの言うように台所も別に作り、部屋も二世帯で大きく建てたけど、その住宅ローンの一部でも私たちを助けたことがあったんですか。私には困ったらそれに合わせた生活をしろと言うだけで、すべて私たちにおんぶにだってではないですか。普通どの家庭の話を聞いても、姑にも、いくらかずつ入れてもらっているとか、住宅代として、光熱代としてとか入れてもらっているというけれど、私は今まで何一つもらわないできましたよね。私は何十年もそうしてきましたよね。隆に小遣いをやるのはあなたの身勝手からで、私の責任ではありません。町内会長が「おばあちゃん、そうなのかい……」と訪ねたが返答がない。続けて「私たちも息子夫婦たちと一緒になった時から、月三万ずつ入れている。息子たちも子育て中で住宅ローンもあり大変だ。世話になっているのだから、少ししかできないが何かの足しになればと思っている。自分たちも家庭を持って大変だった時のことを思わないですか」と、ミツに言った。自分の味方になってくれるはずが、当てがはずれようだ。

町内会長は「両方の話を聞かなければわからないと思い、おばあちゃんから話を聞いただけではダメだと思ったので失礼と思ったのですが、こうして伺ったのです」と言う。「おばあちゃんも人並みの年金をもらっているのだから、三万程毎月やってもいいんじゃないですか」と話すと「何で私がこの女に三万も毎月やるんだ」。「この人にじゃなくて、息子さんにあげるんですよ」と町内会長。ミツは「そんな金やるぐらいなら、私を殺しなさい」と私に向かってきた。私はそれまで一度も口答えしたことがなかったが、もう自分を抑えることができなかった。会長が居ようが、かまうことはない。「そんなに死にたけりゃ勝手に死ね。殺して罪にならんものなら、とっくに殺してたわ」。そして今までのことも、すべて、ぶちまけた。

町内会長は、黙って聞いていた。ミツは、そそくさと自分の部屋に戻って行く。町内会長は、「おばあちゃんはともかく、夫婦が仲良く話し合って家庭を守って行くことが一番大事なことだよ」と話してくれたが、隆は聞いているのか、私がミツに言ったことに腹を立てているのかいないのか、だんまりだ。

家計を夫に

私は町内会長が帰った後で隆に「私はもうやりくりはしない。生活費だけよこせば、飯の支度はしてやる。それ以外何もしない」と宣言した。私は早くこうしたかったが、住宅ローンだけは払い終えてから、と我慢していたのだ。住宅ローンは毎月引き落とされていれば、財産として保証されている。住宅ローンさえ終われば、光熱費が落ちなくて電気が止まろうが、水道が出なくなろうが、私は困らない。住む家さえ、確保できればいいのだ。隆の姉夫婦も近くに住んでいたが、生活が大変で自分たちが建てた家も手放し、今は借家住まいをしていた。私は苦しいながらも家を手放さず、そして雨風がしのげる自分のものにした。

「住宅ローンが終わったんだから、これからはどうぞあなたがしてください」。と、その時、通帳、印鑑などすべてを隆に渡したのである。隆はシメシメと思ったのだろう。「そんなものはおれがやってやるわ……」と意気揚々としていた。

私は昼間は会社、午後からは福祉事務所で働き、ようやく自分自身の収入を自由に使えるようになっていた。私は五十四歳になっていた。

この一件があってからは、ここ林家は奥さまでもっている、とうわさが立った。バカな母親だ、自分の息子の恥をさらしたようなものである。でも仕方あるまい。私は今まで何も言わず、語らずを通し、いい家庭を演じてきたのである。

何度隆と別れようと思ったことか。それでも今まで別れずに来た。夫婦となり何年何十年と一緒に過ごしていれば、意見や考え方が食い違ってケンカもすれば、言いたいことも言うだろう。その時もし「お前のような障害者をもらってやったんだ……」という一言が隆の口から出たら、絶対に別れようと決めていた。私は、泣いてすがって一緒になってもらったわけではない。すさまじいケンカをすれば、どの夫婦でも相手の弱点をつくものだ。でも、隆は殴る、蹴るの暴力はふるっても、その一言だけは絶対に言わなかった。そこが、私がいつも感謝する点なのだ。別れなかったのは感謝の気持ちが大きかったからかもしれない。隆は、その言葉を口にしてはならないなどと思っていたわけではないのだろう。私が障害者であるという認識がなかったのだと思う。

私は円満な家庭をつくるために、自分を殺して生活をしてきた。そして自分を責め、相手に求めるだけではいけない、自分が変わらなければと、話す言葉にも気を遣い、できるだけ普通の生活を続けるようにしていた。結果的に子どもたちにとっては良いことだったような気がする。

ハチのために家に戻ったが、ハチのことで隆と言い合いになり、捨てられそうになったこともある。そして捨てられるぐらいなら、安楽死をと思い保健所に相談に行ったこともある。家庭とは何だ、そう毎日考えていた。私が育った家庭に父はいなかったが、兄妹助け合い、私は笑顔の中にいた。今の家庭にはそれがどこにも見当たらない。だがこの言葉のないハチに私は何か言われているような気がしてならない。ハチはコロの生まれ変わりではないだろうか。今度は、捨てないでね……と何度もそういわれているように思った。ハチは隆にはつかず離れずだったが、私が辛い苦しい思いをしている時は、いつも私のかたわらにいた。

そんなハチもだんだんと年老いていった。亡くなる一年程前には耳も聞こえず目も見えず、水もどこにあるかわからなくなった。人間と同じである。歩くこともできなくなり、オムツをし食事は口まで持っていく。水はストローだ。家の中でずっと飼っていたので、外に出せと隆は言うが、オムツ一つとり替えてくれるわけではない。ヨロヨロと隆のいる場所に近寄れば、足で蹴る。私は何も言わず、か細くなったハチを抱いた。その日私は仕事がなく休みだった。まるで待っていたかのように、ハチは私だけに看取られながら十九年の生涯を閉じた。後悔はなかった。ハチ、ありがとう、これからは遠くから見ててネ……そしてコロに会ったら、ゴメンネと伝えてネ……と私は心で泣いた。これが三度目の犬である。何事も良くも悪くも三度までだ。考えてみれば本当にいろいろなことが当てはまっていくものだ。自分が後悔の念を抱いても三度までだよ、良いことも決してずっと続くことはないと教えてくれているのかもしれない。

美里が再び札幌に出てまもなく、次兄の食道ガンが発覚した。もう末期であり、手術のしようもないと病院から伝えられた。皆で見て行くことにし、母タエには伝えないことを兄、義姉達と話し合った。

次兄は五十九歳でこの世を去った。

警察からの電話

次兄の葬儀中、隆の携帯に知らない番号から電話がかかってきた。電話に出ると警察ですと言う。美里に何かあったらしい。今までもいろいろなことを信じては騙されてきた。でも私も隆もこの時ばかりは、足のふるえが止まらなかった。後で電話をすることにしたが、追い打ちを掛けるようにまた電話が鳴る。何か私たちに考えるすきを与えないような感じであった。隆は「今、葬儀中なので、明日の夜には家に戻りますから、こちらから掛け直します」と伝えた。その後は電話がかかってくることはなかったが、私たちは、兄の死を悲しんでいる余裕もなく、頭の中が真っ白だった。

平成十五年七月二十四日、兄の葬儀が終わり家へ戻ると、私が買い物によく使う自転車の向きが変わっていた。そこは人が通って歩ける場所ではない。私はおかしいと感じた。隆は、先程の相手に電話をしたが通じない。確かに男の声で警察と言った。その後もこの番号はつながらなかった。

私は隆に「一回札幌まで行こう。あの不動産屋を探せば、美里の部屋もわかる」と話した。そして仕事を休み、この年の十月十八日、隆と一緒に札幌に向かった。旭川を抜けるまでは晴天で、車の窓にはまぶしいくらいの日差しが燦々と降り注いでいた。しかし、トンネルを抜けると一転、夜のように前が見えない。雪が横殴りに吹き、どこが道なのか、まったくわからなかった。トンネルに入る前には一台の車もなかったのだが、トンネルを抜けると私たちの前の車のテールライトがかすかに見えた。その明かりを頼りに走ったが、まったく前が見えないこの状態では札幌までは行かれないと思った。「引き返した方がいい。今度また出直そう。何かあってからでは遅い」と話したが、隆はうんでもすんでもない。ただひたすら前のテールライトを、食い入るように見つめながら進んで行った。

どのぐらい走っただろう、ものすごく長く感じた。私はもう、こうなったら運を天に任せようと思った瞬間に視界が開け晴天になった。今まで走った道がうそのようだ。やっとの思いで札幌の住所をたどり、不動産屋に行き、美里に電話をするがつながらない。美里の部屋のカギを開けてもらうと、戸口からチラシなどが溢れていた。電話がつながらないため私は何度か手紙を出したことがあるが、その手紙もチラシの中に無造作に捨てられている。一度は中を開けているような跡があるが、封はきちんとのりで貼り直されている。そして部屋の中は、あたかも誰かに荒らされた後のように見えた。窓のカーテンは何かの刃物で切り裂かれたかのようにぶら下がっている。ロフトにも登って見てみた。男の人と一緒にいたようだ。部屋を借りたいと言ってきた時、生活することは大変だと思い、布団、ガスレンジなど、必要最低限の物も一緒に送った。それがそっくり残されていた。

そして、驚く物を目にしたのである。美里の写真が、無造作に散らばっていた。その写真は、目の部分はモザイクが掛けてあり、ブラジャーとパンティだけで、とても口にできないようなポーズをとっている。よくアダルト雑誌に載っているような笑みを浮かべた写真だ。アルバムの中には、そんな写真だけが何枚か残され、後は持って行ったようだ。私は、誰かに騙されてこんなことになっているんだと思い込んだ。だから電話にも出られず、ひたすらこんなことをさせられているんだと思うと、体が硬直しふるえが止まらなくなり、その場に立ちすくんだ。隆も言葉を失い、そのまま何十分が過ぎただろうか。

気を取り直して、大きい物だけを残し、写真、チラシ、ごみは全部集めて持ち帰ることにし、その足で札幌の警察へと向かったのだ。私は写真を握りしめ、捜索願いを出そうと思った。隆はその写真は、警察に見せるなと言う。恥ずかしいのだろうと思う。しかし私が、すべてを見せ、すべてを話さなければ、わかってもらえないだろう、と言うと隆は黙っている。

警察署の前に着くと、足がふるえた。でも勇気を持って、捜索願いを出したいのですが……と言うと、少し地位の高い人なのか、奥の方に案内された。私は、今の部屋の状態やここに来るまでのことを事細かく話し、写真も全部見せた。隆は下を向いたまま顔を上げない。だが、どうだろう。対応してくれた警察官は両足を机の上に置いたまま、写真に目をやり「それがどうした。風俗ででも働いてるんじゃないの」と言う。私は警察ってこういうものなのか、市民を守るべき警察官が、こんな対応しかできないのかと怒りに震えた。

その会話を聞いていた若い警察官が、札幌ではなく自分たちの住む警察署を、この足ですぐ訪ねて話をしてくださいと教えてくれた。警察官も人によっていろいろだ。私は言われた通り、地元の警察署に行き、同じ内容を話した。地元では親身になってよく話を聞いてくれた。「事件性にはちょっと疑問が残ります。でも捜索願いを出せば、すべての警察署に回りますので、見つかるかもしれないから力を落とさないで」と慰めてくれた。これが本来の、警察官のあり方ではないのかと思った。

私立探偵を雇う

それからは美里の情報集めが始まった。捜索願いを出しておくだけではいられず、電話帳を引っ張りだし、片っ端から私立探偵に電話を掛けた。一件目は「探してどうするのですか、見つかる保証はないですよ」と言われたが、私の耳には入らない。ただじっとしていられないのだ。「娘さん二十歳過ぎてますよね。本人の意志ですよ……」と言われた。「そんなことはない」と答えると「十人中九人の親はそう言います。うちの子に限ってと。それでも探されますか、よく考えてまたお電話ください」と言って電話が切れた。

どんなに説得されても、その時はあくまでもそんなことはないと思うのだ。あの部屋の状況が目に浮かぶ。私の手紙も一度開けて読んでから、またのりで封をしたことが、はっきりとわかる跡があった。娘ならそんなことはしないだろう。事件を思わせることがたくさんたくさんあったのだ。私は二件目の地元の探偵を頼んだ。初めに百万を支払い、札幌に行く時は航空券代などを別途支払った。依頼してから四ヶ月近くが過ぎて行った。探偵によれば、あの不動産屋が何か匂うんだがと言う。そうしている内その不動産屋から電話が来た。「美里さんにお貸しした部屋代が、何ヶ月も未納になって、六十万円になっているのですが」「私、部屋を借りる時にも言いましたよね。一ヶ月でも支払が滞ったら必ず電話をくださいと、なぜ今なのですか」。私はやっぱり、あの不動産屋がなんらかのカギを握っているような気がした。何だか私立探偵になった気分だ。

生活に使うお金がなくなれば、自分が働いたお金から出すしかない。隆はこういうことに十円の金も出す人ではない。ずるいのではなくどうすればいいかということが、わからない人なのだと思う。もし隆が私以外の人と結婚していたら、きっと相手から離婚されていただろうと思う。

今は自分で働いたお金を自由に使える。私は小さい時からお金は食べる分だけあればいいと考えていた。だから、少し余裕ができれば、こういうことに使っても何とも思わないのだ。

探偵事務所にその部屋代の話をした。探偵はその部屋代は支払わないで、と言う。また探偵が札幌に向かう。十万円で話をつけて来たと言うが私は本当は一円も支払いたくなかった。最初の話と違うからだ。しかも一度に支払ったらダメだと言う。お金がないことにして毎月一万円ずつ十回にわたり、振り込むように話をつけてきたと言う。

私は美里を探すのはもう無理なのかもと思い始めた。それでも諦めきれず、美里の携帯履歴を調べてみようと思い契約した会社に行った。しかし個人情報のため、教えられないと言う。それでも事情を話し、親であると伝えたら、証明となるものを持って来るように言われた。役所で書類を用意し、やっとの思いで通話履歴を手に入れることができた。

見ると、毎月五、六万円近くの電話代がかかっている。それも九州、沖縄、あらゆる所に履歴がある。時間もいつということなく掛けられている。これを見た時は悪い仕事をさせられてるとしか思えなかったが、どうすることもできない自分がはがゆい。探偵からは、これ以上はちょっと難しいかもしれないと言われた。不動産の件を始末してくれたと思えば、金はいいか、もし私や隆だったら、言われるがままに家賃を支払うことになったかもしれないのだからと思うことにした。

帰って来た美里

それから一年が過ぎようとしていた。兄の一周忌の時、偶然にもまた隆の携帯電話が鳴った。私が出ると「警察です。美里さんのお母さまですか」「はい、それがどうかしましたか」。警察官という人間にはうんざりだったのでつい言い方もつっけんどんになる。「今、財布を盗まれたと言う人が来て、調べたら盗んだのが娘さんだと言うことがわかり電話をしたところなんですが、どうしましょう」と言う。「いつも、警察だの何だのと騙されて来ましたので、どうぞ娘からもらうか、支払えなければブタ箱にでも入れてください……」と言って電話を切った。また電話が鳴ったが私は出なかった。その日はもう電話は来なかった。

次の日、家の電話が鳴った。今度は「S社の者です」。「はい……」「今、美里さんに話を聞きましたら、昨日は警察署にいたという話をされ、うちの会社で働かせてほしいと言うのです。林さまの養女であること、大変御苦労されて育てられたことなど伺いました。ただ、私の会社で働くことは、ちょっと難しいと思いお電話をしました」。美里の話は本当に私の心臓をわしづかみにする。「娘さんは、妊娠をしています。大きなお腹を抱えて働くのは無理のように思いますし、家に帰ることが一番だと話したのですが、帰れないと言うので替わってお電話をさせていただきました」。疑いようのない話し方だ。「それでは娘はそこにいるのですね。本人かどうか確かめたいので、電話口に出してください。それでなければ、もう大人なので自分で判断させてください」「はいわかりました」と言うと電話が切れた。そして次の日、美里本人から電話が来た。昨日の話は本当なのかと尋ねたら本当だと言った。

何度同じことを繰り返せば気が済むのだろう。それでも娘のお腹の中には小さな命が宿っているのだ。泣きながら「帰って来るお金はあるのか」と聞くと「ない……」と言う。「そこはどこ」「大阪……」と言うので、S社の人に替わってもらった。「関西空港からの片道の航空券を、そこのS社さま宛てに送りますので、よろしくお願いします」と、S社の人に頭を下げた。S社の人は「何かありましたら相談に乗りますので、いつでも連絡してください」と言う。どんな子であっても私たちの子である。人を疑うことを知らない私は、その時は本当に良い人にめぐり会えて良かったと思った。連絡をしてくれた人に感謝の思いでいっぱいになった。

平成十六年、八月一日四時到着便だ。隆と飛行場に行く。帰って来るかどうか半信半疑だった。今にも産まれそうな大きなお腹を抱えながら出てきた美里を見て、私は胸ぐらをつかまえて、ワアと叫びたい心境になった。頭髪は見るからに今染めて来たばかりのように真っ黒だった。荷物と呼べるほどの物もない。隆は何も言わなかったが、家に帰るまでの間、私は次々と思い浮かぶことを娘にぶつけて、わめき続けた。美里も涙を流していた。その姿を見て、私も少し冷静になった。

そして、お世話になったS社にお礼を言わなければと電話を掛けた。「この番号は現在使われておりません……」。この時初めて騙されたことに気付いた。美里の部屋、写真、そして大きなお腹……。美里はこういう連中に騙されて働かされてきたのかと思うと、安易に美里を責められない。それでも確認しなければならないことがあった。「お腹の子の父親は誰か知っているの」「わからない」。客を取らされていたのだと想像した。「あなたももう大人なのになんで産月までこのままだったの。始末するなり、子どもができないよう考えなかったの。それとも父親がいなくとも一人でも育てるつもりだったのかナ……」「いや金がなかったから、堕ろせなかった」「どうして、そこから逃げだそうと思わなかったの」「ダメダメ、逃げ出して捕まって、後は薬漬けにされて外へ投げ出される人たちを何人も見てきた」。美里は深い闇の世界で暮らしていたのだ。

それでも美里は「子どもがいても人生が終わりではないから、別にいいよ……」と言う。それを聞いた私は、美里が自分が今まで歩んだ人生を糧として生きる決心をしたのだろうと思い、もう一度美里に救いの手を差し伸べたのである。三度目の拾いあげだった。

美里の物は全部アパートに送っていたので何も着る物がない。家にいるのだから洗い替えがあればいいだろうと、ジーパン二本とTシャツを三枚程買ってやった。

美里の出産

八月三十一日、美里は女の子を産み、優衣と名付けた。オムツやらミルクやら赤ちゃんにかかる物は全部私が買う。三ヶ月までは赤ん坊は、すぐお乳を飲みたくて泣く。私は同じ部屋で寝て、赤ん坊の世話の仕方を美里に教えた。

夜中に優衣が目を覚ますと、すぐ気が付くのは私だ。美里を起こし母乳を与えるように促す。母乳の量が足りないのか、めんどくさがって十分飲ませていないのか、優衣は短い間隔でよく泣いた。私は少しミルクを足し与えた方が良いと思い、夜ミルクを作りに起きるが、美里は子どもが泣いていても目を覚ます気がない。その美里の傍らで携帯電話がピカピカと光を放っている。私はその意味も知らない。周囲の人たちに聞いて、メールが来た合図だと初めて知った。

美里は働いていないのに、携帯電話料まで負担するわけにはいかない。私は美里に「電話は解約するよ。必要な時は家の電話からしなさい。私は職場にいるし、わからないことがあれば、職場に電話して……」と携帯は終わりにした。美里は素直にうんと答えた。これまで隆は一階の寝室を使っていた。美里が二階から優衣を抱いて降りるのはちょっと心配だったので、隆には二階の空いている部屋に移ってもらい、一階を美里と優衣の部屋にした。タンスの中も入れ替えて、美里と優衣の服がしまえるようにした。手作りより買った方が安いので、優衣の服はよく買った。

美里が子どもを産んだことは進にも知らせた。私の思いや美里から聞いたことなどは、すべて進に話した。産まれた子どもには罪はないのだ。なんとしても、私たちが元気なうちに美里が一人でも子どもを育てて行けるようにしてやらなければと思っていた。

進が美里の子を見に来た。「可愛いナ……」とお祝いに五万円を美里に手渡した。私も美里にお祝いとして五万円を包んだ。私の友だちをはじめ、いろいろな人からお祝いが届いた。美里は感謝をしているのか……何やら本心がつかめない。子どもは大きくなるにつれてお金がかかることは私自身がよく知っている。皆からいただいたお金は優衣の名前で通帳を作った。「働くようになったら少しずつ、貯金して優衣のために使うようにね」と言って美里に通帳を渡した。

美里は優衣の面倒を見ながら家にいる。しかし、何をするでもなく、文字通り見てるだけ……なのか。仕事から帰ると食事の支度と忙しい私。

美里は母乳を飲ませることもやめ、すっかりミルクに切り替わっている。「なぜ……」と聞いたら「飲まないから……ミルクの方が飲むし……」と言うのが美里の言い分だ。ミルクを作って飲ませる時も、母親は子どもを抱き、ひざの上で飲ませるのが普通であろう。黙っていてもそうしたくなる程、子どもは愛おしく可愛いものだ。「美里、ミルクを飲ませる時は抱きかかえて飲ませてあげなさい」と私は言う。そんなことで美里とはよく口論もしたが、私は美里がその年齢の時に自分は愛されず育ってきたので、自分の子にもなかなかできないのかと思ったものだ。美里は二歳までは本当に愛を知らないで育った。しかし優衣には親がいるのだ。美里のようにはなってほしくないと思った。

美里の自立への道筋

優衣が八ヶ月を迎えた。日に日に大きくなって行く優衣、私は働いている場合じゃないと思った。仕事は午前中で終わりにした。美里に運転免許を取らせなければ、仕事にも就くことができない。昼からは優衣の面倒を見ながら美里を自動車学校に送る。終わると迎えに行く。三ヶ月後に免許が取れ、優衣は十一ヶ月になった。その後、美里には介護ヘルパー二級を取るようにと話した。この時、運転免許とヘルパー二級を取る費用も五十万円程かかったが、私は自分の収入から出しているので隆に話す必要はない。隆に家計を任せた時から口論になったことはない。お金以外に話すことがないからだ。私は夫ではなく他人が一つ屋根の下で暮らしているのだと思うことにしていた。

仕事に行く時、いってらっしゃいもなくなればお帰りも言わない、隆はどう思ったのだろう。本当に子どものことで必要な時だけ話して終わる。私は子どものため、優衣のために働いたお金を使う。まるで昔の私に戻ったようだ。一人暮らしをしている時は自分のため一つ一つと家財道具を揃えていた。隆と一緒になってからは二重生活の中、隆の暴力に耐えながら一生懸命働き、必死で生活を守っていた。今はまた美里のため、優衣のために働いて、この二人の生活の基盤を作って行くことを考えている。私が一年でも若いうちに、やれることはやろうと思った。

美里はどう考えていたのだろう。免許も取得し、二月から働く所が決まった。四月からは保育園も決まっていたのでそれまでの間は私と交代で優衣を見ていこうと話した。二月からなので一月までは私は一生懸命働いた。隆は私がお金を持っていると思っていたかもしれないが、それ程余裕があったわけではない。でもお金が足りないと思って悩んでいると、不思議と予想もしないお金が入った。例えば保険が満期になったなどである。以前保険の集金が来た時に、隆がいた。「金ない、金ないって保険なんか掛けて、おれが死んだら金が下りるようにしやがって、おれは保険なんていらんからナ……」とその集金の人に言ったことがある。集金の人はその時は「そうですか」と言って帰ったが、次の日私は私の口座から落とすようにしてもらい、契約者も夫でなく私でと頼んだ。

その方も「今なら大丈夫だね、今度本人の同意が得られないと保険も入れなくなるから」と教えてくれた。隆の金で払うわけではない。自分で働いた金で支払うのだ。隆に文句はないはずだ。私の仕事は自由が利く。職人であるがため、自分の判断で進めることができる。

優衣も、もう一歳四ヶ月となっている。美里が台所で何かをしているそばで立っている。ミルクビンをくわえ左手で自分の髪の毛をさわりながらミルクを飲んでいる姿を見た時、私は泣きそうになった。親がいながらこの子もまた愛に飢えていると思った。優衣と声を掛けると、喜び勇んで私に抱かれようとする。小さい時からよく泣いていたが、もしかすると泣き疲れて寝ていたのかもしれない。私も仕事、家事と毎日めまぐるしく動く。優衣が泣きやむと、あっと言う間に眠りにつく私、そんな生活であったように思う。「美里、もう優衣にミルクばかりではダメだから、離乳食か何か作るなりして食べさせるようにしなさい」と言うと、スーパーで売っている離乳食用のレトルトを買って、それをレンジでチンする。それも食べさせるのがめんどくさいのか、食べないからミルクでいいんだと言う。

本当に困ったものだ、隆と言い争いがなくなったと思えば、美里と言い合いになる。隆は聞いているのか、いないのか口を挟まない。風呂も小さい時は、タライでの洗い方を美里に教えた。風呂に入れるようになれば、顔に水がかからないようにこうするんだよと話したりしながら一月が過ぎ、二月には優衣一歳半、美里は二十二歳になっていた。美里はいつも私が買ったジーパンとTシャツを、洗い替えしながら着ていた。しかし、今度は介護の仕事だから四月の入所式ではジーパンではダメだろうと思い、普段でも着られる服を買い、ジーパンも二、三枚、上の服も二、三枚と買った。後は働くようになれば自分で少しは買えるだろうと思う。この会社も私の知り合いの大内さんが紹介してくださった。「ここで半年頑張れば正社員になるようにしてあげられるからね……」と言ってくれ、ありがたい話である。

そして二月から働きに出た。三交替制ではあるが、子どもがいる人は遅くても十時までの勤務であった。夜十時までの時は優衣は私が寝せなければならないが、やはり泣いて泣いて、なかなか寝ない。この頃は前におぶれる帯があり、それで抱いて寝せたりもした。寝たと思い降ろせばすぐ目を覚まして泣く。私は途方に暮れながらの一ヶ月を過ごした。

それでもこれで、まずは子どもを育てる道筋はついたと思っていた。私は美里に「給料が出たら月三万円は家に入れなさい。でもそのお金は優衣の通帳に入れておいてあげるからね。大きくなれば、本当にお金がかかるから。それだけ家に入れても給料は十分でしょう。オシメを買うのもあと少しだし、ミルクも買わなくてよくなる。だんだん、少しずつ楽になってくる。自分のものも買えるようになるだろうし、余ったら優衣のために、貯蓄をしておいてあげたらいい」と私は話した。

そして二月二十五日美里の初給料日だ、十四万円程あった。初めてでそんなにもらえるのは、すごいと思った。社会保険なども引かれての手取りだから、いい所に就職できたと私は感謝した。

母親になれなかった美里

しかし、その一方で優衣を育てて行くのが面倒なのか、優衣に対してあまりにも愛情が感じられずにいた。美里は、自分もストレスが溜まると言う。そうかもしれないが、自分の子だ。私たちが死んだらどうする。まだ親が元気でいるうちにやらなければならないことはたくさんあると思う、と話をした。しかし仕事が夜十時に終わっても、なかなか帰ってこない時もあった。高校の同級生と会って遅くなったと言う。子育てと仕事ばかりではストレスも溜まるだろうと思い、それも多少私の中で受け入れた。美里が帰るまでは優衣と寝て、帰って来ると優衣を起こさないように美里にバトンタッチして、私は二階へと上がる。優衣は目を覚ますとまた泣くが、泣き止むと私も眠りにつく。私も美里も日中どちらも仕事の時は、優衣は一時託児所に預けた。私はなるべく午前中だけ預けるようにした。預けると優衣は大泣きする。初めはどの子もそうですと言うが、私はこんな預け方をしたことがないので、片親ではこんなふうなのが当たり前なのかナ……と思った。

わが家は片親ではない、また自分の都合のいいように仕事も調節できたから、子どもは寂しい思いはしなかっただろう。これがよいとも言えず、悪いとも言えない。どんな環境であっても、愛すれば、愛があれば人間は強く生きられると、この時程思ったことはない。また美里に、心の底から優衣を可愛いと思い、愛してほしいと話した。自分の子どもなら愛して当然であろうと思う。子育てには皆悩むようだ。でも何も悩むことはない。ただ愛すれば良い。簡単なことだ。いくら小さくとも、本当に愛されているのかどうかは、皆知っているのだ。

美里に給料が出た時、隆の手前もあり、「美里、生活費の三万円どうした」と聞いた。「この家で、たいした食べていないのに三万円も払うのか」と言う返事には驚いた。美里は、朝八時から出勤の時は朝は食べて家を出ている。昼は介護施設で出る、午後からの時は夜は介護施設で食事をするようになっていた。私は食費を入れろと言ったわけではない。なにがなんだか頭の中が混乱した。自分一人で住む所を借り、子育てをしたらいったいどれくらいのお金が必要になるだろう。それを皆親に助けてもらいながらで、なぜそんな言葉が出るのだろう。情けなかったが、私は「そう。そう思うなら、いらない」と言った。隆は聞いているだけで何の返答もしない。

私は優衣が可愛かった。一時託児所にも私が送り迎えをしながら、一週間近くが過ぎた。美里が早番の時は、優衣を寝かせるのも美里だ。その時必ず優衣は泣いている。三月四日、美里も早番だから夜は皆で食事をした。優衣にも食べさせられるよう、うどんにした。美里は私に「母さん、優衣にちゃんと食べさせてよ」と言って、子どもに食べさせるでもなく、自分は一人でバクバク食べる。そんな娘に対してどうしたらいいのだろう……と涙も枯れ果て、あきれてしまった。また夜になると優衣は泣きながら眠りにつくのかと思うとかわいそうになり、「今日ばあちゃんと二階で寝ようか」と言った。

優衣は「うん」と言うが、まだ一歳半である。二階など見たこともない。自分が眠る所とは見えるものすべてが違う。きっと泣くだろうとは思いながら二階に連れて行く。優衣を抱いて布団に入るが、自分の居場所とはまったく違う光景にキョロキョロし、やはり泣く。「優衣、やっぱりママと寝た方がいいね」と私は優衣を抱いて降りた。美里は優衣がいないのをこれ幸いと思っていたのだろう。「やっぱり、自分の場所と違うので泣いてしまう。美里、優衣を寝かせてやりな」と言ったら、まだ小さくて少しの段差でもつまずいて転んでしまうような優衣の胸ぐらをつかまえて、「寝るよ……」と引っ張ったのだ。優衣は転んで泣くが、抱きかかえるでもなく、さっさと部屋に行ってしまう。優衣は泣きながら「ママ」と後を追い掛ける。

私はもう我慢できなかった。私も美里の部屋に追って行き「このやろう、お前何様のつもりだ。お前みたいなやつ見たことない」。声を荒らげる私に寝ていた隆も降りて来て、「何事だ」と聞く。でも私は止まらない。「お前みたいなやつは人間のくずだ。この家から出ていけ。優衣が邪魔なら置いて行くがいい。もうたくさんだ」そして私は隆にも「何でも見ていながら、都合が悪いことは関係のない顔をして、黙っていればいいと言うもんではない。このクソオヤジ」と叫んだ。「今日はもう遅い。優衣も寝させてやらなければならない。明日どうしたら良いか話し合おう」と私は言った。そしてそれぞれの部屋で休むことになった。優衣をどうしたらいいか、美里に任せていたら、あの子は死んでしまう。私はその日は、一睡もできなかった。朝方、一瞬、うとうとしたようだ。

朝起き、早番の美里に朝食を食べさせて仕事に出さなければと、優衣が目を覚まさぬよう、静かに美里を起こしに行ったが、優衣だけが寝ていて美里がいない。昨夜のことで顔を合わせにくいと、あの子も一人で考えたのであろう。早くに会社に出たのか……と思い、この日は仕事を休んで優衣と遊んだりしながら、隆と美里の帰りを待っていた。しかし時間になっても美里は帰ってこない。私は会社に電話をした。「今日は都合があり休みますと連絡がありましたが」「あ、そうですか、それでは明日は早番ですか、遅番ですか」「明日もしばらくは早番です」「はい、わかりました」と電話を切った。

優衣を置き去りに

三月五日、美里からは何の連絡もない。美里は帰ることなく優衣を捨てたのだ。それからの私は、何も考えられず、ボーッと一日を過ごした。今まで歩んで来た自分の人生を思い出し涙が枯れる程泣き、自分なりの決断をした。この日から優衣の部屋に私が戻ることにした。優衣はオシャブリもくわえていたし、あまり食事を与えてないのか、いまだにミルクであった。三月五日優衣をふところで抱きかかえて休む、この日からオシャブリも離させミルクもやめ、オシメも夜何回かトイレに連れて行き、なるべく早くはずれるように心掛けた。優衣は、私のすべての期待に答えてくれるかのよう夜泣くこともなく、オシャブリを欲しがることもなく、食事をもりもりと食べ、あっという間に、だるまさんになった。そんな様子を見て隆は、「お前は子どもを寝かせる天才か……」と言った。

本当にその日以来優衣は泣かない。毎日が安心なのだろう。目を覚ませば必ず私が傍らにいる。愛してさえいれば子育ては大変なことではないと思う。ただ一緒にいれば良いということではない。私の母タエは朝となく夜となく働いて私たちを育ててくれた。触れ合う時間は短くても、私たちは間違いなく母に愛されて育った。

毎日このままでいいのか考えていた。美里の会社から電話が来る。出社していないと言う。

いつもと同じだった。会社に行き「退社でお願いします。ご迷惑を掛け大変申し訳ありません」と頭を下げた。私は美里のものは何一つ残したくはないと思った。衣類は「正札」のついた物を捨てるのはもったいないと思うが、皆ゴミに捨てた。何一つ思い出は残したくないと思ったからだ。しかし、アルバムは捨てることができない。良くも悪くも優衣の母である。この子が大きくなった時、捨てるも残すも、この子が決めるべきなのではないか。顔もわからないまま私が捨てることは、優衣は望まないのではと思い、アルバムだけは何冊も残っている。

余命宣告されたミツ

私に考える暇を与えないかのように、次から次へと事件が起こった。ミツが通院している病院から勤務先に電話が来た。ミツが私の会社を先生に教えたのだろう。「今日来れますか」「はい」。病院に着いたら「ミツさんは肺ガンの末期です。どうされますか……」と告げられた。「このままだと余命三ヶ月です。また手術をしても年齢もあるので大丈夫とは言えません」。ミツも数えで九十歳になっていた。

私の母タエは大正七年生まれ、そして姑のミツは大正六年生まれである。「先生、もう惜しい年ではありません。このままガンは、伏せていただきたい。他の病名にしてください」。ミツは、自分の死を受け止められる人ではない。人間は皆何歳になっても自分の死は認めたくないだろう。「肺ガンなので、自分で呼吸することが苦しくなりますし、今でも体がだるいような感じなのは、肺呼吸がうまくできないからです。家で酸素吸入をするようにしてください」。病名は肺炎と言うことになった。「二ヶ月ぐらいは家での酸素吸入で生活できますが、今以上の濃度になると自宅では無理なので、入院という形を取ります」と話が決まり、ミツを連れて家に帰った。介護ヘルパーと話し合い、私は午前中半日は仕事に行くこと、朝は私が食事をさせ、お昼は介護ヘルパーの人にお願いし、風呂に入れるまたは通院に付き添っていただくこととした。私は昼食は必ず作ってテーブルの上に置き、手紙を書いて仕事に出掛けた。

ミツは、痛いとか苦しいとは言わなかった。酸素吸入もしていたので話もできた。私は午後からは夕食の買い物に出掛け、優衣を保育園に迎えに行く。その足で実母のタエの所に行き、帰ってから夕食の支度である。考えてる暇などなかった。隆が家計を握るようになり、早五年近くになっていた。生活とは食べることだけではない。一家を構えるとは、人の付き合いから始まり、子どもの教育、住む場所、病院代、何もかもである。

隆は自分がやってみて、初めて金は思う程残らないことを知ったと思う。私はミツなんか絶対看ないと思っていたが、やはり放っておくことはできなかった。ミツの好きな物をやわらかめに作り、朝は早くからおかゆを炊き、そして隆の食事を用意し、優衣にも食べさせ、ミツの昼食の準備をしてから仕事に行く。夕食はまたミツのベッドに運ぶ。優衣はそれが楽しいらしく一緒に運ぶ手伝いをする。ある日、ミツがジンギスカンが食べたいと言ったので、茶の間にミツの酸素ボンベを引っ張り出し、夫の姉夫婦を呼び、皆で鍋を囲んだ。その時のミツは本当にびっくりする程よく食べた。

そして一ヶ月が過ぎた時、私はミツから「食費は払おうとは思っていたよ、息子と相談して金額を決めて」と言われたのである。びっくりした。隆がミツの所に行って、食いぶち払えよ……と言ったのだという。「なんだお前、私がいつ金のことを言った」「おれは親の分まで払ってやれない」「払ってくれと頼んでない」。もうお金のことで争いたくはなかった。

ミツの最期

ミツは十人姉妹だったので、入れ代わり、立ち代わり、見舞客がやってきた。自宅療養が二ヶ月を過ぎた。酸素濃度が高くなり自宅では限界と言われて、入院することになった。ミツは「肺炎がなかなか治らないから入院なのか」と私に聞く。「少し病院で様子を見てまた帰れるから」と答える。本当は生きて帰ることはないのだ。私は先生に「苦しまないで逝かせてください」と頼んだ。酸素の濃度が高くなり、また少し楽になる。

また姉妹たちが病院へと来る。ミツは、隆と食費のことで争っているのを知っていたはずなのに、姉妹には幸子が隆に食いぶちを払えと言わせたと言っていた。ミツの姉妹たちから、かいがいしくやっている所を見せておいて、心の中ではたいしたものだねと言われたのだ。ミツはこのまま死ぬのか……と私は悲しくなった。本当にその通り、真実を明かすことなくこの世を去ったが、これが私の運命なのだ……と思うと涙は出なかった。

ミツそしてタエの病院に、毎日好きな物、食べられるような物を持って行く。タエは五年目になるが、私がミツを見てやれたのは、たった三ヶ月であった。隆は私にこうも言っていた。義姉たち夫婦と鍋を囲んだ時、ミツは本当にびっくりする程食べ、義姉たちが帰った後、隆は「本当に三ヶ月か、あの食い方で三ヶ月は、ありえないだろう」「でも医者がそう話すのだから、そうじゃないですか」「あんなに食われれば、かなわんな」。

いくら齢でも死が現実となれば、少しでも優しく、一日でも後悔がないようにと思うものではないだろうか。隆は実の母なのにどう思っているのか理解に苦しむ。本当にちょうど三ヶ月経った時、ミツの容態が急変する。酸素吸入しても呼吸ができない程の苦しみようだ。隆に電話をしたが、「今は帰れない、夜五時頃になるかもな!!」。姉夫婦、その姉の子、皆近くにいたが、私の息子は東京である。ミツは何よりも進であった人だ。進が来るのはいくら早くても次の日である。その夜先生が、「この注射を打てば死も早くなりますが、どうしますか……」と隆に尋ねた。「あ、うん、すぐ打ってくれ」と答えたのだ。確かに苦しい姿を見ているのは辛いものだが、あまりにもあっさりの返答にも驚いた。

今日が山で明日の朝まではもたないことを承知で、その注射をしたのである。私は先生の所に行き、あの苦しさは何とかならないものでしょうかと尋ねた。先生は、見た目には本当に苦しそうに見えるが、本人は何もわからず苦しくもないので心配はいりませんと答えてくれた。それは私だけが知っていた。

義姉もおばたちもそしてその子どもたちも、かいがいしくおばあちゃん、おばあちゃんと声を出し、一生懸命体をなでたり、顔を拭いたり手を握ったりと苦しむ姿を見続けることになる。

私は保育園から優衣を連れて戻ったが、まだ二歳にもならないこの子を見ながら病室にいるのは大変である。命が尽きるのが何時になるかはわからないので、私は隆に「一度家に帰って、明日の朝保育園に優衣を置いてから来る。その前に何かあれば、すぐ電話して」と話した。病院は夜九時には全館閉めてしまうので、何かあっても開けることはないと聞いていた。そのために、皆がそばにいられるような個室を用意しているのだが、この小さな子を連れて一夜明かすのは、大変なことだ。

私は看護師さんに話をした。看護師さんは毎日ミツの所に顔を出し、詰所に「お願いします」と頭を下げる私をよく知っていたようだ。「死ぬと言えば、いかにもかいがいしく、私はこんなにしてますよと言わんばかりの人ばかりですね。こうなることや、後何ヶ月ということも知っていたはずです。今後はそんな時には一度も来たことのない人たちにやらせておけばいいんです。あなたは帰って十分です。何かありましたらカギも開けますし、電話も差し上げます」と言ってくれたのだ。見ている人は見ているものだと感謝した。

その夜は電話も鳴らず、朝までもったのだと私は家で目を覚ました。朝、隆が入院した時の荷物を持って来たので母が亡くなったのかと思ったら、隆は「お前、いつ来るんだ」と聞く。「夕べと変わらないの」「ああ、あの注射を打ったのに、いや、逝かね、逝かね」と言う。本当に優しさのかけらもない人なのかと考えてしまった。

朝行って見ると、昨日と変わりなかった。進が来る少し前に亡くなったが、私は涙は出なかった。しかしそれにもまして息子である隆は平然としていた。美里が優衣を捨てて三ヶ月後の七月五日にミツは永眠した。数え年で九十歳であった。

タエの旅立ち

その翌年、実母のタエも鬼籍に入った。

タエは一年一年とゆっくりと年老いていき、数えで九十歳まで生きた。私は母の亡くなる数週間前から何回も「もう長いことはないですよ。何か望むことはないですか」と聞かれた。私の中では後悔はなかった。足かけ六年の間、毎日母を訪ね、昔の話をしたり、聞きたいことを聞いたりできた。思い残すことなど何一つなかった。私は医師には「十分でなく十二分にしていただき、何も思い残すことも望むこともありません。ただ苦しまず、最期を送っていただければ、それ以外なにもありません。本当に長い間ありがとうございました」と話した。そして次の日のお昼頃、一本の電話が鳴った。「タエちゃんがあまり良くないので、今来れますか」という。私は「すぐ行きます」と答え、兄に電話をした。兄と義姉も急いでやって来た。母は酸素マスクをしていたが苦しいようには見えなかった。機械の計が波を打っている。母に問い掛けても、何の反応もない。

いつ臨終になるかは看護師さんにもわからないという状態が続いていた。母の病院代は義姉が必ず支払ってくれていた。そして一ヶ月に二、三回は母を見に来てくれていた。兄の病気のこともあり、本当に義姉には頭が下がる。義姉は「タエばあちゃんには私たちが子どもを育てている時や、元気でいた頃に本当に助けられたから、当たり前のことをしているだけだよ」と言う。「ありがとう」「幸ちゃんこそ、人間として私にはできないことをしてきたでしょ。それも何年もだよ。いろいろなことを背負いながらやってきたんだから。誰にでもできることではないよ」と母の枕元でそんな話をしていた。母が亡くなったら兄の家に連れて帰らなくてはならない。兄たちは取るものも取りあえず飛んできたので、母の様子が落ち着いているから、いろいろなことを済ませて、また夜までには戻るねと言って一回帰ることにした。

私は保育園に優衣を預けている。私も看護師さんに優衣を迎えに行って来るので、何かあればすぐ電話を、とお願いをして病院を出た。私のことは、病院の人たちは皆知っており、保育園もである。夜六時頃、隆に優衣を預けて病院へ戻ろうとした時、電話が鳴った。その時は隆も行くと言った。優衣と隆と三人で病院へ行ったが、苦しそうではない。タエは酸素マスクをしていた。昨日までは私のことはわかっていた。兄たちのことは月に二、三回しか会わないので、忘れてもいくだろう。タエが入院している六年間で隆が来たのは一回だけだ。これが二回目である。兄たちはまだ来ない。兄たちの家に電話をしたが出ない、もうこちらに向かっているのだろう。兄たちの家からここまでは一時間ぐらいかかる。私は何も変わらぬ母にこう告げた。「母さん今まで頑張って生きてきたよね。もう楽になっていいよ」と私がそう言うと、母がうなずいたと同時に、機械の針がピーッと一本の線になったのだ。隆が、「ばあさん」と呼ぶと、機械の針がまた波を打ってから、スーッと一本の線になった。これが母の最期で、苦しみのない眠るような顔であった。私は不思議と涙が出なかった。母に高く高く上ってね……と心の中でつぶやいた。

私は昔母に、隆に殴られたことをよく話していたが、いつかその話を封じたことを母は知っていたのではないだろうか……。一度ピーッと一本の線になった針計が隆の呼び掛けでまた上がり、スーッと落ちて行ったのは、娘を頼むと言いたかったのではないかと思う。

優衣との生活

優衣も少しずつ大きくなってきたが、このまま育てていけるのか、疑問を抱いていた。私も隆も、もう若くはなかった。どこまで頑張れるか先が見えない。六十歳も目前だ。進は優衣について私に聞いたことがない。帰ってくれれば、一緒に遊んでやり、優衣は今でも進おじちゃんが大好きだ。私は悩んだり考えたりしたが、一つの決断をした。

美里が里子として育ったのは四年間だけである。その後は養女にしたので、私たちの子である。もし美里が里子のままだったらと思う時がある。自分は捨てられた子どもだということを知らない方が良いと決断をして、養女という道を選んだ。

しかし、どうだったのだろう。優衣が美里と同じようになってはならないと思うが、どれが良いという選択ができない。私は美里の育て方を、どこかで間違ったのではないだろうかと考えていた。でも、一向にいつどこで、が見つからない。それがわかれば、美里が何歳になっていようがその場所に私は戻り、育て直さなければと思っていた。

進は結婚はしないだろうと思うと同時に、結婚ばかりが人生ではない、とそんな話をよくしていた。だからなのか、彼女の話は全く聞いたことがなかった。ミツが亡くなった時、初めて進に交際相手がいることを知った。進は林家の家庭のことは、すべてその典子さんに話していた。美里のこと、そして優衣のこと、母が障害者であることもである。それから数日の内に、進は典子さんを連れてわが家に来た。初対面だが、私は全然気遣うことなくすぐ典ちゃん、典ちゃんと話した。彼女は緊張したであろうが、私の思い、考えていることはきちんと話した。そして二人で結婚の意志を固めたようだった。

典ちゃんは美里が養女で、今はどこにいるかわからないことは両親に話しても構わないが、優衣を置いていなくなったことは隠しておくと言ったと、進から電話が来た。彼女の気持ちはよくわかる。もし私が彼女の親なら、育てている私たちの年を考え、将来その子はどうする、となるだろう。もしかすると娘たちが引き取るはめになるのではと考えるのは、当然であろう。そして彼女の両親と顔合わせのため東京に行くことになった。私は典ちゃんや両親の気持ちもわかるが、どうしても優衣のことを伏せてはおけないと思った。優衣はどこに置いて行くのだ。私の友は、いつでも見てくれ、助けてくれるが、嘘は必ずわかるのだ。その時どうするのだ、今が良ければそれで良いにはならない。

それから私は電話帳を開き、弁護士を訪ねた。知っている弁護士もなく、電話帳から探して、そこに話を聞きに行った。

美里と親子関係を白紙にできるかということ、私が優衣を育てていること、今までの状況をすべて話した。弁護士は、大変な状況ではあるが、美里さんの子は育てて美里さんの籍は抜くでは裁判官も納得しないでしょう。優衣ちゃんを相談所なり施設に預けるのであれば、これだけの状況ですから籍を抜くのは認められるかもしれないが、優衣ちゃんを育てては望む結果は出ないでしょう。それでも美里さんが、このいなくなった日から三年消息不明なら、裁判もありえますよ。その時にまた考えてみては……ということだった。

隆は美里を養女にした時の事実を公にして裁判をしたらと言う。私もそう考えなかったわけではない。だが私は、あの裁判官と二人だけの秘密で、この子の幸せのためにと言ったことを覚えていた。裁判官は法を犯してはならないのだ。美里の幸せのために、犯した法律である。

この裁判を起こすことは国を相手にすることになる。あの人は裁判官である前に一人の人間だった……と思った時、私は三年待つことにした。それまでに美里が帰って来たら、これが私に与えられた運命と思おうと決めた。進にはそのことを話した。そして典ちゃんと両親との顔合わせには、優衣を連れて三人で東京の地を踏んだ。

進の結婚

東京は何もかもが大都会でびっくりした。進と典ちゃんについて歩くだけで精いっぱいだった。典ちゃんは優衣を気遣ってくれ、本当にありがたかった。結婚式場へ行き、洋風の食事が良いか、和風が良いか、両親に食べてもらうのが顔合わせだったが、私はそんなことは典ちゃんの両親に任せますと答えた。それよりも優衣に食べさせることが先だ。そんな私の姿を見て、だれが何を言うでもなく笑ってその場が終わった。

進は結婚式は自分が全部するので、私たちにお金を出させることは一切ないと言う。そうは言ってもと言うが、もう全部してあるから心配ないと言う。私は帰り際、典ちゃんの両親に

「親として何もしてやれないので、二人の何かに使ってください」と十万円を包んで渡した。そして「私は障害は持っていますが、先天性ではありません」と告げて帰って来た。

結婚式は翌年の二月と決まった。この年の三月に美里が優衣を捨てて出て行き、七月にミツが亡くなり、八月に典ちゃんと初めて会い、十月に両家の顔合わせで東京へ行った。なんとめまぐるしい年であっただろうか。だが振り返ってみると、悪いことばかりでもなく喜びもあり、考える暇もなく過ごせた。自分を見つめる時間もこれから持てる……とホッと息をする。

優衣は保育園にもだんだん慣れていったが、結婚式の日にはもう二歳六ヶ月である。隆は心配をしていた。息子の結婚式だから黙って座ってはいられない。会釈をしながら新郎新婦のことをお願いして回り、帰りには両家で一緒に立って皆さまを送らなければならない。優衣が泣いて言うことを聞かないのではと思ったようだ。私は何の保証もなかったが、優衣は大丈夫と言った。そして結婚式に再び東京へと赴く。進と隆、優衣、私と家族で宿に泊りいろいろな話をしながら翌日に備えた。進と優衣は遊んで笑って、かまって、なかなか寝ない。本当にどうしてそうできるのだろうと、私は進に感謝した。

その時私の心に進が昔言っていた言葉が、よみがえったのだ。そうだ「今を生きればいいんだよ、笑ってね」と、今頃になってこの意味の深さを知った。自分は、なんて愚か者なのだ。私はこの小さな子どもたちに人生を教えられながら生きて来たのだと涙が出た。「今を生きればいいんだよと笑いながら」が、この先私の人生を大きく開いていくことになった。

結婚式当日、兄夫婦が東京まで一緒に行き結婚式に出席してくれた。優衣は兄夫婦のことはあまり知らないが、式の間は兄夫婦に見てもらわなければならない。二歳六ヶ月とは、良くも悪くもわかるようで、わからない年齢である。「ばあちゃんは、ずっと優衣のそばにはいられない大事な日なの。だから、おばちゃんの言うことをちゃんと聞いてね。ばあちゃんは、全部終わったら優衣の所に来るから今日一日頼んだよ……」と話した。

優衣はおばちゃんの言うことをよく聞き、泣くこともなく安泰の内に祝宴が終わった。立派な子だと皆が優衣を褒めたたえる。隆も優衣に「えらかったな」と言って褒めた。私は優衣が生まれた時から一緒に生活をし、初めての孫でもあり、可愛く、愛しく、私が美里を育てた時と同じように「過保護」である。

優衣の親族里親に

結婚式から帰り、静かな日常に戻った。優衣は幼いながらにその静けさの中に、とまどい、何が何だかわからない様子も見えた。私は隆に話した。美里が優衣を捨ててもう一年が過ぎた。このまま優衣を育てるにしても、この先、戸籍のこともあり、学校に行くようになれば、また大変である。今は保育園には、事情を話してあるが、学校となるとまた違う。優衣も後三、四年もすれば入学である。どうするかと話をした。

隆は優衣を里子として育てることができれば、おれたちに何か育てられない出来事が起きたら、施設にも入れるだろう。だが何の手続きもしないでいたら、大変だろう……と言う。美里は、戸籍上私たちの長女である。私は優衣の祖母に当たる。里親になるには無理がある。親族里親として認定されているのは、この北海道ではいまだ一件しかない。それ程大変なことなのだ。私は美里を養女にした時も、里親会は退会することなく会費を払っていた。何かあった時、話せる場所が必要だと思ったからだ。そして美里が二十歳を迎えた時、初めて退会したのである。二十歳になれば大人だから、児童相談所とは関係なくなるからである。

もし優衣の里親となって育てたとしても、また初めからの手続きだ。まして親族里親でそれも退会してすぐである。何年も児童相談所には行ったことがない。会費を振り込むだけだった。私は隆に「里親になれなければ、どうする」と聞いた。「施設にやる。里親になれれば大きくなるまで育てられるかもしれない。おれたちが健康で、自分で何でもできるような年になっていれば、おれたちが入院するようなことがあっても、飯ぐらいは自分で作って食べれるだろう」と言う。もう一度「里親になれなかったら」と尋ねた。「なれなかったら、施設だな」「それでいいんだね」と私は聞く。「そうだ」。私はきちんと話したのだ。

そして児童相談所に出向いた。何十年ぶりだ、職員の顔も変わり、緊張してしまう。里親の話をすると、窓口の人に別室に案内され、里親担当が来る。私たちがつい最近まで里親会に登録されていたこと、そして里子を養女にしたことなど、何十年経っても、こと細かく書かれた私たちの資料が残っている。今までの美里のこと、そして優衣のこと、里親の件、私の話したことは、児童福祉司が記録する。児童福祉司は、「施設もありますよ。今までも大変な苦労をされて、また大変かと思いますが……」と言う。「それなら三歳になるまで育てます」。私は生後三年が、最も大事だと思っていた。〝三つ子の魂百までも〟、このことわざが私の頭から離れないのである。三歳を過ぎれば、他の里親さんでも、施設でも、そちらで考えていただきたいと話した。児童相談所は親族里親として北海道知事に、書類を上げてみますと言ってくれた。何と言っても、親の都合や児童相談所の考えで子どものたらい回しは良くないことは知っている。そして隆が望んだ通り、親族里親となれたのだ。優衣は二歳だ。あと少しで丸ごと三年だ。これを過ぎればしめた物だと私は思っていた。

C型肝炎

私は昼からの福祉事務所の雑務の仕事を辞め、午前中の洋服の仕事だけにした。職場には私一人だけである。たいした金にもならないが、私は次の仕事をしようとは思わなかった。この社長は昔の輸血でC型肝炎になり、肝臓ガンの一歩手前まで来ていた。ガンで闘病中の娘が先か社長が先かという状況なのだ。私はそんな二人を置いては、ここを去れなかった。そして娘さんは三十歳の若さで亡くなった。その二年後に社長が肝臓ガンで亡くなり、社長の兄弟たちと私と隆、そして今まで一緒に働いた数名で見送った。これで私のやり残すことはなくなった。

実は私もC型肝炎なのである。進を産んだ時の輸血でかかっていた。それがわかったのは進を産んで十五年目の時である。今の社長に検査を勧められたのだ。社長も輸血で罹患《りかん》したからだ。社長は七十三歳で亡くなった。隆の姉も輸血でC型肝炎となり長く苦しんだが、六十八歳で肝臓ガンで亡くなっている。皆がそうなって行く中、毎月の検査は欠かすことはなかった。しかしそれ以外、これと言った症状はないし、またどうにかしようと思ったことはない。人間はいつか必ず死ぬのだ、それが早いか遅いかだけの違いだと思っていた。

医者は少しでも若い内にインターフェロンを、と勧めるが、私はその頃、進と美里を育てている最中だった。私が入院をして何かをしているどころではない。「先生、ムリムリ」と言うと先生も「すごく菌が増殖しているのだが、林さんとケンカができなくて、C型の菌も息を殺して、林さんが弱くなるのを待っているのかも……」と笑いながら話し、「検査だけは怠らないで」と言われて、はや何十年である。優衣は一ヶ月一ヶ月と大きくなって行くが、あまりに一年中次々と忙しすぎた。優衣には国から里子の生活費として四万三千円が口座に振り込まれるが、その口座は隆が持つ口座と別に作った。だから私が管理できるのだ。

進夫婦は一年に一度は二人で帰って来る。その時は必ず、ホテルに一泊するような計画を立てて私たちを連れて行ってくれる。一回で十数万円は使うような高級ホテルで、食事も一家族だけの別室である。私はそんなにまでしてくれることを心苦しく思う。進夫婦は優衣を大変可愛いがってくれ、三泊四日もあっと言う間に終わり、帰って行く。優衣はとても淋しそうだ。また三人の静かな毎日が始まる。隆と話すことも限られてはいるが、隆は美里の時もそうだったように、優衣にはオセロを教えたり、トランプをしたりと淋しくないように気を遣っていた。私は遠慮なく気を遣わず、思いのまま生活できるがこれも性格なのである。私は隆に対してだけは、ありのままの自分でいることができなかったのだ。

立場が逆転

自分らしく生きることができること程楽なことはない。隆に通帳などすべてを渡してから早七年である。五万円だった生活費は八万円となった。私は五万円であろうが八万円渡されようが、何も言わない。もらうお金が多くなれば、自分のお金を使わず済むと思うだけで、お金についてのことは一切話さない。優衣に使う物を買うのも全部私なのだ。大きくなればそれなりにかかるが、多少のお金はこの七年で貯めることができた。美里が帰って来た時に運転免許と介護ヘルパーの免許を取らせるために大金がかかったが、それも私自身でなんとか支払えた。隆にお金を要求することは一切ない。それ程にトラウマなのだ。私は優衣を見る度、私のどこに美里がこうなった原因があったのだろうと、いつも考えていた。あの時こうすれば良かった、ああすればこうにはならなかったのではという所が思い当たらずにいた。そんなある日、進たちの結婚式の写真を見ていたら、結婚式のしおりも入っていた。式当日、しおりに目を通す暇などなかった。しおりには二人のなれそめもあったが、親への一言が添えられていた。進は「誇りに思います」と書いていた。進は私の生きざまをすべて見て来たんだと涙がこぼれた。

そして、私は美里に対しても間違ってはいなかったのだと思った。

結婚式のしおりは私の生涯の宝物となった。自分がこの世を去る時は、このしおりも一緒に持って死にたいと思う。心が軽くなり、戻る場所は考えなくて良いのだと……。優衣は三歳八ヶ月になっていた。静かないつもの夕食の時に何が何だかわからないが、泣くでもなく、ぐずっていた。不安が交錯していたのかもしれない。小さいながら、保育園にはママ、パパがお迎えに来るが、優衣だけはいつもばあちゃんだ。よくわからないが、心のどこかが埋まらないのだろうと思っていた。隆はそんな優衣の姿を見て「早く飯食え」と言うが、優衣はぐずぐずして半分泣き顔だ。

隆は「何が何だって言ってるんだ」と声を荒げる。私は「優衣食べなさい。食べなければ片付けてしまうよ」と話す。それでも優衣は、黙って泣き顔で立ちつくす。私は隆に「食事ができなくて片付けられ、食べられなくても自分のことだし、損をすることも自分なのだから少し考えさせておけば」と言う。「お前はそうできるが、おれはできない」と声を荒げて優衣の胸ぐらをつかまえて「泣くなら外で泣け」と引っ張っていった。「だから育てない方が良かったんだ」と私に向かって叫び、「もうお前とは暮らせない」と言う。私は三度目の男になった。優衣を胸元に引き寄せ、「何このやろう、優衣をどうするとお前に話さなかったか、今回は返答も聞いたはずだ。いつでも別れてやる、望む所だ。金を寄こせ」「金はない」「金のない言葉は聞きたくない。自分が、財布を持ち毎月随分残るだろう。家の支払い、子どもの教育費がないことだけでも感謝しやがれ。金がなければこの家を売れ、これもお前一人の物ではない。共有の財産だ。売って金を作れ」とまくしたてた。隆は、「おれが家を出て行く」と言った。「当たり前だ、さっさと出て行け……」という言葉を背に隆は出て行ったが、私は隆にはどこにも行くあてなどないし、自分で何かを起こすこともできないのは知っていた。そんなことができる男なら、もうとっくに出世してるだろうと心の中で笑ってしまう。

案の定すぐ帰って来た。そして自分の衣類をバッグに詰め始めた。私が止めるとでも思ったのだろうか。そして自分が詰めたバッグから服を出しては着て仕事に行くようになった。そんな姿を見て笑ってしまう。それでも私はどうもしない。ただ、淡々とやるべきことをやるだけだ。生活費を渡さないなら食事の支度をしないだけだし、雨風をしのげる場所はあるのだ。自分と優衣二人で食べて行くためのお金なら十分あるので平気である。

これを機に隆が変わっていった。本当に恐ろしいと思ったのか、今までの私ではないと思ったのか、以前のようにいばったりせず、言葉を選んで気を遣うようになった。「何このやろう」とは、いつも隆が私に吐いていた言葉だ。それを今返したのだ。

美里の戸籍を抜く

私は優衣に一つずつ話していこうと思った。もう四歳になろうとしている。まず優衣が心の中に疑問を持っているだろうという話から始めなければならない。この年齢ならわかるだろうと思った。「優衣、お前にはママはいないのだ。なぜなら、優衣を捨てたからだ」。あいまいのままだと、どこか腑に落ちずに心の中に残ってしまうものだ。優衣にとっては衝撃だろうが、話はこれで終わりではないのだ。私は、それに向き合う決心をした。小さい頃は美里のアルバムをよく見せたものだ。優衣のママだと話すと、食い入るように見ていた。

「優衣、お前を見ていると、美里にそっくりだ。足の形から手の形、体つきまで、なぜ、こうも似てしまうのかナ……」と話したものだ。私も隆も優衣を呼ぶ時、つい美里と言ってしまう。何十年も呼び続けた名である。当たり前だが、優衣はきょとんとする。ああ間違った優衣だったと笑う。私の友も、やはり同じである。美里ちゃんと話し掛けると、あ、ごめんごめん違ったとまた笑う。そんな月日、年月が流れ優衣も美里の存在に気付いていく。

進たちは結婚して三年も経つのに子どもがいない。できないのか作らないのか………。二人は何も言わず、年に一度は必ず高級ホテルに私たち家族を連れて行ってくれる。典ちゃんも進も優衣のことを可愛がり、本当にいたれりつくせりだ。私たちのせいで、この二人に迷惑を掛けてはならないと思った。優衣は、どうしてもこの人生を背負わなければならない。過去を消すことはできないのだ。

もし美里が貧しくとも一生懸命に生きていることがわかれば良いが、どこでどうしているのか何もわからない。もし、警察沙汰にでもなったら……と思った時、そうだ、裁判に掛けようと思い立った。平成二十一年、優衣は五歳になる。美里がいなくなってから三年は、とうに過ぎ、裁判ができるようになっていた。過去に娘でいたことが私たちに害とはならない、後は一年一年、歳を取り死への階段を登るだけだ。電話帳を開き、車の入りやすい弁護士事務所を選んで電話をした。お話を伺いますと言われた。翌日の十時に弁護士事務所を訪ね、今までのいきさつ、そして優衣が里子であることなどなどを話した。林さんの陳述書を書いて来てくださいと言われ、大まかに今までのいきさつなど原稿用紙十枚程にまとめて持っていった。

それから三ヶ月後、弁護士に呼ばれた。「御主人もこれに賛成されてますか」。私は「はい」と答えた。一度こちらに来ていただき、話をお伺いしたいと言われ、私は日時を決めた。それともう一つ、「林さんの近所の方に、娘さんのことを少し調べて良いですか」と聞かれ、「はい、どうぞ」と答えた。私の陳述書に、戸籍を抜きたいがための嘘があってはならないからだ。裁判とは法である。その後、近所への聞き取り調査も終わり、隆と一緒に弁護士の所に行った。普通夫婦なら何らかの相談をし、こんなことを聞かれるかもしれない、あんなことをと打ち合わせるものだが、私たちは何一つ話し合わなかった。戸籍から、抜きたいと思っていることは隆も同じだ。聞かれたことには隆自身が答えれば良い。それで、戸籍が抜かれなければ隆のせいだ、と私は思っていた。私は私なりに誰に聞かれても、答えられる。ありのままを話せばいいのだ。

隆は弁護士と初対面だ。「奥さまから美里さんの戸籍を抜きたいと依頼を受けたのですが、考えは一緒ですか」「はい」「美里さんが奥さまにとても辛く当たられたり、暴力をふるわれていたことは知っていましたか」「一回は聞いたことはあったが、その後は話さなかったから知らない」「聞いた時どうしようと思いましたか」。返答に困っていた様子。「ではなぜ美里さんは、こうなったと思いますか」「なんでこんなになったのか、さっぱりわかりません」。私はこれが本当かもと思っていた。

隆は美里に気を遣って育てていた。これは悪いことではない。「美里さんと、他人関係になることに問題はないですね。今の気持ちを聞かせてください」「息子夫婦に迷惑が掛かるのも心配だし、もうこれ以上関わりたくないし、帰って来てもほしくはない。優衣は里子として育てていける限り育てて行くつもりです」と答えた。「わかりました。検討してみます」。弁護士も家庭内裁判はしないだろう。後日奥さまに連絡します、と言われて帰ってきた。

数日後電話が来た。弁護を引き受けるとの話。「御主人の陳述書も必要なのですが、この間話を聞きましたので、それを基に私どもで作成します」「お願いします」「それと裁判所に出廷するのは奥さまだけでよろしいです。御主人は仕事が忙しく、休みが取れないということにします。裁判を起こす前に、警察に捜索願を出してください」と言われた。

私は一回出してその後帰って来ましたと取り下げているのに、また出すのは本当はとてもいやだった。それでも出さないと裁判できないようだ。私は仕方なく警察に行き、二回目の捜索願いを出した。そこで「免許証も流れてますね」と言われた。あれだけ苦労をして取らせたのにお金をどぶに捨てたようなものだ。私はこの娘にどれだけ無駄金を使ったのだろう。本当に家の二、三軒は建ったかもナ……と思った。

そして裁判が始まった。本当にテレビのドラマで見るような黒い法服を着た裁判官が両隣にいる所へ、三回程出ていった。弁護士が私に質問をして、それに私が答える形だ。嘘、偽りのないことを話すと宣誓し、判を押す。そして一回目が終わる。また数日後二回目である。三回目の時は少し日数が空いた。費用は私が相談をした時に聞いたが、裁判に勝ったとして、この事案では五十万円くらいかかりますと言われていた。とりあえず勝っても敗けても、それに対して何らかのことはするのだ、報酬は払わなければと私が手付金として二十万円を渡した。あとはこれが認められ、戸籍から抜くことができれば三十万円程の支払いとなる。このお金も、隆には一円たりとも出してもらわなかった。自分で得た収入で支払うことに、私は腹は立たない。けんかもしなければ、気を遣うこともない。ただ、自分らしく生きられていることがとても幸せなのだ。寝たい時に寝、食べたい時に食べ、行きたい所に気がねなく行ける、こんなにいいことはない。

そして三回目の法廷である。話が終わった後、裁判官に「話しておきたいことはありますか」と聞かれた。「いいえ‼」「随分苦労しましたね」と言われたが、私は「苦労はしていません。素晴らしい経験をさせていただき感謝です。誰もがしたくてもできる経験ではないと思います」と言った。「後日裁判官を通して、書類を渡しますので、今回で終わりとします……」。私と弁護士は、裁判所を後にし、書類が来たら電話をしますと話され帰って来た。それから二ヶ月程経っただろうか。弁護士から電話が来た。裁判官の方からの電話をつないでくれた。「今後、戸籍上他人となった場合、美里さんが帰って来たらどうしますか」。そんなことも十分考えて裁判に臨んだのだ。「そうですね、戸籍を抜き他人に戻っても、何十年も育てた娘に変わりはありません。戸籍は紙切れ一枚です。一緒に暮らさなければ、美里が今までの自分をわびることができないとは思っていません。遠くからでも、今後の自分を見せることだってできます。一生かかっても、わびる心があれば、もう私の前には現れないでしょう。人のうわさは風と共に、どこからともなく、聞こえてくるものです。そんな娘になることを願っています」と答えた。

それから数日後、弁護士から書類を渡された。役所に持って行き、優衣の住民票を美里から私たちに移した。美里が他人となれば優衣も他人である。役所の人は、この関係をどのように表せばよいか、同居人ではあまりに可哀そうではないだろうかと話していたが、私はそういうことはわからないので、皆さんで考えて住民票に載せてくださいとお願いをした。

成長する優衣

優衣は六歳になった。来年は一年生だ。年が開け、二月、進たち夫婦の妊娠がわかったのだ。本当に不思議である。戸籍を抜いて、すぐ妊娠。まるで待っていたかのようだ。話を聞くと、本当に今までできなかったと言う。神さまがそうさせたのか……と思ってしまう。優衣はピカピカの一年生である。卒園式、入学式と終え、人並みな人生を歩む優衣。私は里親の存在、里子であることなど少しずつ話していった。優衣は美里の子どもで、美里はばあちゃんの娘でもあり、養女だったことなど、少しずつ頭の中で、理解をしていくようである。優衣は、私のことをばあちゃんという名前の母親と思っているようだ。

参観日に行っても、優衣は私の顔を見ると他の子どもがお母さんと呼ぶのと同じように「ばあちゃん」と大きな声で呼ぶ。普通はなるべく知らないふりをしたがるだろうが、私はそんな育て方はいやだ。人は皆平等でなければならない。参観日は親が来ている。先生も良い所を見せようと、必死である。静かにさせたいが親が来ているので、いつもは思いきり叱るところを、なだめることに精いっぱいだ。子どものざわつきは次々と連鎖していく。先生の話に耳を傾ける子どもが何人いるだろう。私は良い悪いがはっきりしていることを望む。後ろで立って参観を見守る父兄にかまわず、私はあまりの子どもたちのざわめきに、「うるさい」と声を出す。教室は一瞬にして静まり返る。若いお母さんたちが多い中、私は年を取ったばあさんだ。だが、どんな時でも私はひるまない。優衣のクラスの人気者のばあさんだ。優衣のクラスの子に会えば、オスと声を掛け、きさくに話をする。だからなのか、恥ずかしいとはみじんも感じることはない。

私は里親会にも出席を心掛けてはいるが、本音は人の悩みなど聞くだけの心の広さもなく、私は今の優衣そのもので満足なのだ。林さんの体験など話していただけたらと言われるが、やはりこれと言って話すことはない。

私は今この生活が楽しいし、他人の子を育てているという意識もないので、悩みもない、それで話は終わりである。ある時、児童相談所の横山さんから初めて「林さん、山中さんという人を知っていますか」と聞かれた。「はい知っています。私も小さい時にずいぶんお世話になりました。子どもも多く、お金があるようにも見えなかったのですが、いろいろな子どもがいましたね。私の社会への第一歩も、この山中さんのおかげでした」「そうですか、林さんと同じ出身地なので、もしかしたら知っているかもと思い聞いてみました」「なんで知っているのですか」「この山中さんが里親を考えた発案者なのです。それで社会福祉が大きく変わっていったのです」。なるほどなあと思った。自分の苦労を顧みず、食べていくことで精いっぱいの時代にいろいろな人を引き受けていた。私は改めて山中さんに感謝をした。もし山中さんがいなかったら、今の私はないのだから……。

七十五歳までは生きたい

進夫婦にも子どもが生まれ、二歳になった。私も六十歳を超えるとやはり一年、一年と年齢を感じ始めていた。今は何でもないが、C型肝炎のことも頭の片隅をよぎる。今のままで七十五歳まで行けるかなあ……。あとは死のうが生きようが構わない。優衣が何とか一人で生活ができるようになるまでは生きていてやりたいのだ。食べていくことができれば、雨風をしのげる場所はある。

この子が一人前になるまで少しでも元気でと思ったので先生に「今のままで七十五歳までいけますか」と聞くと、「無理無理、インターフェロンを打たなきゃ。体力のあるうちに少しでも早い方が……」と言う。そこで私は「じゃ、やろう」と決断したのだ。インターフェロンが抗ガン剤とは知らなかった。私は単純そのものだ。そして体と合わせるために十日程入院と言われた。「ダメダメ、入院はできない」「なんでダメなの。この年齢でまだ幼な子がいるわけでもないだろうに」「小さい子いるいる」「……。林さんなら強いから、大丈夫か……やっちゃえ、やっちゃえ」と始まったインターフェロン。その一ヶ月半後に東京に行くことになっていた。進と典ちゃん夫婦が優衣をディズニーランドに招待してくれたのだ。それも先生は了承済みだ。薬は必ず決まった分を飲み、四日後に帰って来た次の日からまたインターフェロンを打つことにした。

この東京での三日間はインターフェロンの影響で、辛くて苦しかったが一生懸命頑張った。せっかく進夫婦が優衣と私のために作ってくれた時間を大切にと精いっぱいの笑顔で応えた。進夫婦は夜景の見える特等席を予約してくれたり、いたれりつくせりで、優衣には一生の思い出になったと思う。私は苦しさが先に立ち、早く帰りたいという思いが交錯してあまり覚えていない。私の記憶の中にある風景は、船で湾の中を回ったこと、夜景がきれいだったこと、お台場から見た風景くらいだ。優衣はまだ二年生になったばかりなのに。良く覚えている。本当に楽しい思い出だったのだろうと思う。私も優衣の楽しい姿が目に焼きついて離れない。私はこれで十分なのだ、二人にありがとうである。

そして私は進と典ちゃんたちに頼みごとをした。私たち夫婦のことではない。自分たちのことは自分で考えて、行動すれば良い。今までもそうして来たし、これからもそうして行く。だが優衣は別だ。優衣が小さいうち、まだ学校に通っている間に私たちが育てられなくなれば、児童相談所が考えるので心配はいらない。でも自立ができるようになり、いろいろな悩みや出来事にぶつかった時、一生懸命自分の夢に向かって進んだ時は、もう私たちは、支えてやれる年齢ではない。自分が生きているだけで精いっぱいだと思う。悩んだ時、困った時、この子には誰もいない。あなたたち二人に力になってほしい。もし美里と同じようになったら、捨てて結構だと話した。典ちゃんは大丈夫だから心配しないでと言う。できた嫁だと感謝である。

帰宅後またインターフェロンが始まるが、食事の仕度、洗濯、掃除と家事は山積みだ。なのに食事を作ることさえもおぼつかない。きちんと立ってもいられない中で食事の後片付け……。隆はそんな姿を見ていても何もできない人なのだ。まだ小さな優衣は私の言うことを聞き、よく頑張って手伝ってくれた。私は日に日に痩せていき食べることもできず、辛くても食事の仕度はしてから床につく。

　インターフェロンを始めて二ヶ月半だ。もし六ヶ月これに耐えなければならないとしたら、あと三ヶ月半もある。もう耐えられない。体重は五キロも減った。私は優衣に話した。「あと三ヶ月半我慢して、やり続けて肝炎を治した方がいいと思うかい。それよりも一年でも元気なばあちゃんの方が良いとは思わないかい。病気が悪くなるのは二年後か三年後かもしれないが、そうなれば今より優衣も大きくなって、なんでもできるようになっている。元の元気なばあちゃんの方がいいとは思わないか」と聞いた。優衣は「治ってほしいから続けてほしい」と言う。こんな小さな子に、酷な話だ。まだ隆にならこんな話もして当たり前だが、隆は何の答えも出せない人だ。私はタエのことを思った。ガンと言われた後の母の行動である。私は優衣に、もう止めた、無理、明日病院に行き、止めると話す決断をした。

　病院ではインターフェロンを打つ日ではないので、どうしたのかと看護師さんたちが聞く。「私もうこれ以上できないので、先生に話をして止めようと思って来ました。私は明日死んでも、もうしません。こんな苦しく辛い毎日なら、早かれ遅かれ人は皆死ぬんです。早いか遅いかの違いだけです」と言うと、先生は私のやつれた姿を見て、「これはドクターストップです。あまりにも元の姿とは掛け離れ、顔もすっかりやせてしまった。一旦止めましょう。今いろいろな薬も開発されてきています。またの機会を考えて、検査だけはしていきましょう」と言われ「はい」と答えた。でも私の心の中は終わりを告げていた。もう検査もしない、行く所まで行けばいい。優衣が大きくなるまで何事もないかもしれない。その後であれば、どうなっても構わない。

それからは、体から抗ガン剤が抜けるまで多少時間がかかり、辛い毎日だった。その後、一切病院は行くことはなく、毎日楽しく、友と食事をし、バカ話をしては、笑い転げる毎日だ。これでいいのだ。そして、やっと元の自分の体を取り戻し、優衣もあの時のことは、忘れたかのようである。

美里の犯罪

そして二〇一三年元日美里から年賀状が届いた。優衣を捨てて七年近く経っている。帰省していた進夫婦が、元日の飛行機に乗るため、送りに出ようとしている時に年賀状が入った。住所にあるライオンズタワーとは、一般の人など借りられるような所ではないという。社長クラスなど、高級取りの人が住む所らしい。美里が、そんな人と一緒になるとは、ありえないと進が言う。私もそう思う。私も今年で三十歳になります。いろいろありましたが、ようやく落ち着くことができます。夏頃帰省したいと思っていますと書いてある。この家で落ち着くと言うことか、バカ言ってんじゃない。捨てていった優衣のことは何一つなく自分のことだけしか書いていない。そんなこと、私が許すと思うのか。典ちゃんが、お母さんの胸の内を書いて出した方が良いと言うので、「私たちは他人になりました。家に入ることはできません。もし来ることがあれば、警察を呼びます」と書いて、進夫婦が帰る途中のポストに入れて、飛行場に向かった。

一時間あまりの車の中で、隆は「優衣も親には会いたいんでないのか……」と言った。典ちゃんは「優衣ちゃんには可哀そうだと思うけど、私はまた子どもができ、お母さんの所に置いて行くつもりではないかと思うのです。そうなれば、お母さんは、もう見ない見ないと言っても、ぜったい捨てられない人だから。優衣ちゃんには可哀そうだけど、自分で責任を取るべきだと思う」と言う。進、私、典ちゃん優衣、走る車の中で皆泣いた。そして、それが現実になってしまった。

この年の八月。「警察です、美里さんのお母さまですか」。またか、また始まった。警察という言葉にどれだけ、騙されてきたことか。「クソくらえの、サツうんざりだ」と話も聞かずにこう言い返した。「話をさせていただきたい」「いや、いやもうたくさん。連れて帰られても困ります、もう大人ですので自分の責任は自分で、そして私たちも美里とは他人になったので連れて来られても困ります」「いえいえ、連れては帰れません」「もう騙されない」と言うと、「警察番号は日本国中皆同じ番号です。お疑いなら、調べてください。また掛けます」と電話を切った。警察の方も他人になったと私が話したことを調べたらしい。私もまた番号を調べた。本当に警察署であった。

そしてまた電話が来た。先程の人だ。「今泉と言います。美里さんの養父母であったが、今は他人となっていらっしゃることもわかりました。でも美里さんは殺人を犯したのです。養父母だったお母さまからいろいろな話をうかがいたいのです。他人だから話などないと言われれば、どうすることもできないのですが」と言う。「聞きたい話は、どんなことでも話してあげますよ」「それではこれから伺います」。それでも私は、まだ警察だと信じられずにいた。「いやいや、来てもらっても困る」「話を聞かせていただきたいので、林さんの地元の警察署での話はいかがですか」。そう言われ、初めて信じる気持ちになった。「明日出発しますのでそちらの警察署に着いたらお電話してもよろしいですか」「はい」。

その時、「美里さんの子どもがいますよね。調書を作成するので早くても二日程予定をしているのですが、大丈夫でしょうか」「優衣は里子なので、児童相談所に二日程見てもらうので、なるべく早く終わらせてください」と話し、午前中から遅くても昼一時ぐらいまでの二日間でお願いすることにした。優衣の心が心配だからと話し、児童相談所にもその旨を伝えた。そして児童相談所から来た時の美里の様子から今日までのあらゆることを話した。札幌の警察のことは、腹立たしい思いを込めて話した。「そうですか。警察と言えどもいろんな人間がいるんです」とその人は話した。

二日間の話を終え、私は「殺人だと何年ぐらい刑務所に行くのですか」と聞いた。「自分の産んだ子どもを殺害となると、情状酌量もあり三年ぐらいが妥当な所です。でも自分が捨てられたことぐらいしか、情状酌量が見当たらない。まして既に子どもを一人捨てて養父母さんが育てていることなど、少々感慨深いものがありますよね」「罪は罪です。二度と罪を犯すことなく生きていってほしい。優衣のためにも」と話した。「これから児童相談所に寄って行きたいのですが、ここからどのくらいですか」「そんなに遠くはありません。タクシーですぐですよ」。私は車で優衣を迎えに児童相談所に行き、警察の人がここにも事情を聞きに来ると話をした。児童相談所の担当者はわかりましたと言い、私は優衣を連れて帰って来た。

美里との決別

警察は児童相談所の見解も聞くであろう。何でも聞いてくれという思いだ。私は何だか安心した。なぜなら子どもを殺した、バラバラ死体があったなどのニュースの度、まさか美里ではないのかとハラハラ、ドキドキでニュースを見ていた。これからはそれがない。しばらくは、私の心の中は安泰なのだ。しかし優衣は小さいながらにも、何かがあったことぐらいはわかるだろう。私は迷うことなく、少しでも小さいうちに知った方が生きて行くには楽であり、話されても動揺することもなく過ごし、どんなことにも対応ができると信じている。優衣にわかる範囲で話す。泣きもせず、ただ私の膝の上でじっと抱きついている。

何分経っただろう。後は今まで通りの優衣である。どうであれ、優衣はこの事実を背負って行くしかないのだ。どれだけあがいても、過去を変えることはできない。私は優衣には前だけを見て進んでほしいと願った。考えても何も答えが出ないなら無になることだ。これも進からもらった言葉である。隆に気を遣い暮らす私を見ていたのか「母さん、自分が思ったことを我慢しないで父さんに言えばいい」と言われたが、私はあの暴力が恐いのだ。進が「無になればいいんだ」と言った意味も今なら理解ができる。

考えたところで答えは出ない。自分そのままを無になって生きることだ。私は小さな息子からいろいろな言葉をもらい生きてきたが、今どの言葉も本当に役立つことばかりだ。もしあの時、この意味を知ることができていたら、今とは違った人生だったかもしれない。今の現実を知っているのは私たち家族だけだ。兄弟たちにも、この事実を話すことはない。

私は進に「男が暴力をふるう、それは最低なこと。いくら彼女が間違っていたとしても、決して暴力はふるわないこと。それと家庭を持ち年月が経てば、何かしらのことは起こる。でもあなたが自分で決めた道なのだ。あなたにいただいた言葉の本当の意味を知った今、そっくりそのまま、あなたにお返しをします。今を生きること、無になることなどなど、あなたのこれからの人生に役立ててほしいと思う。この言葉は、これからのあなたの人生にも、たくさん、たくさん、使うことと思います」と話した。

美里は六年の実刑となった。あまりにも重い判決である。私が、判決が出たら教えてほしいとお願いをしていたので今泉刑事さんが電話で教えてくれた。三年程ではないかと聞いていたので、あまりの重さにびっくりしたが、それでいいと思った。問題は刑務所を出た後である。二度と罪を犯さないようにと願うだけだ。

その後、美里から手紙が届いた。聞くところによると、刑務所から出る時、引き受け人がいた方がいいと言うので、反省していると書いてある。今泉さんも反省しているようですと言った。封書は隆の名前で届いた。隆は考える暇もなく封筒を破ろうとした。「開けない方がいいのでは。そのまま送り返した方がいい」「なんでよ」「だって他人じゃないの、人の物を勝手に開けることはできない」。そして私は封はそのままで自分の考えを書き、その手紙と一緒に送り返したのだ。「私たちはあなたとは家族ではない、他人になったと思いあなたに話しました。この手紙を読むことはありません。何度出されても同じく返すだけです。もう他人なのです。私たちは親としてあなたを育てました。優衣は里子として育っています。そしてあなたの歩んだ人生のすべてを、投獄中の今のことまで優衣にすべてを話して育てています。私たちも高齢です。何かが起こった時は施設に行くことも話し、それを受け止めて育っています。自分の居場所をあなたが自ら捨てたのです。何回も何回も拾い上げたではないですか。今は自分が生きていくために、よりどころを求めているようにしか思えません。かみくだいて話さなければ、わからない年でもないでしょう。

私は何かすべてが終わったような気がしています。残された子どもは親の罪を背負って生きていかなければなりません。あなたが残した子ども。そして手に掛けた子どもたちに、生涯わびながら生きてください。遠くからでも一生懸命生きている姿を子どもたちに見せられるよう努力してください。それがあなたに残された人生であり、許すも、許さないも、あなたの残した子どもたちが決めていくことでしょう。お元気で　元養父養母」そう書いた。それ以来何事もなく私たちは優衣との人生を歩んでいる。

優衣と過ごす楽しい毎日

美里のことを忘れることはできないものだ。しかし、引きずりながらは生きてはいない。時々思い出し優衣に話す。悪い思い出ばかりを優衣に残したくはない。私は一人こんなことを考える。私がタエに吐いたクソババァと、美里が私に吐いたクソババァは同じ意味を持つ。しかし私はそこで立ち止まることができた。美里は障害のある母の元で育ち、なぜ立ち止まることができなかったのかと手紙を書きながら、運命なのかもしれないと感じたものだ。私もタエに過保護に育てられた。女の子が一人だったということもあり、障害もあったので、兄弟たちも私には何一つきつい言葉は言わなかった。貧しい生活の中で、食糧も兄たちが食べたがっても、まずは私の口に運んだ母。いろいろな思いが交錯する。すでに生まれた時に天が与えた運命だとしたら、納得することができる。私たちには先のことは、絶対見えないものだ。もしそれがわかっているのなら、こうはならないのだ。良かれと思うことを失ってみたり、選ばなくてもいい道を選んでしまい、平凡な人生を送れたのにと振り返った時は、すでに遅しである。そんなことを考えたりする時、やはり私は、この言葉が一番だ。無であり、今を生きる、である。明日のことは考えず、今を生きれば、笑いも起こる。この言葉の意味を大切に感じ、自分の歩んだ人生に悔いなしであり、そしてこの優衣に感謝である。

毎日本音のトークで、クソババァ、クソガキと言い合うが、かつて私がタエに吐いた、クソババァとは意味が違うのだ。人生、苦ばかりもないし楽ばかりもない。天は二物を与えずだ。いろいろな出来事を与えられての人生なのだ。優衣と隆と三人の生活だが、優衣がここに残されること、そして私たちと一緒に暮らすことも天が決めていたとしたら、感謝である。優衣がいることで話に花が咲き、笑いがあり、冗談交じりのトークがあり、私はとても幸せを感じる。あれから数年、優衣も中学生を迎える。まだまだ子育て中の私だが、毎日生き生きと暮らす自分がいる。あのC型肝炎も、どこへ行ったやら。インターフェロンを止めて早くも五年が過ぎた。友は心配してくれるが、私は気にすることなく、へっちゃらである。

そんなことを考える暇もない。優衣が学校から帰るとおしゃべりに花が咲き、そして大好きな習い事に送り迎え、習い事を終えると八時頃になる。夜、床につくまでおしゃべりが続く。笑い転げてお腹が痛くなる。私はこんな話をする。「ババは学校時代は、勉強はビリケツだった」「え……アタマ悪」「優衣は前から数えられる程か、一足す一は二とわかれば人生、生きて行けるぞ、できないより、できた方がいいが、勉強ばかりが良いとは限らない。ババは人生では一番だぞ、優衣はビリだろう」と笑う。いくら勉強ができても一般常識がわからなければダメだ。白は白、黒は黒と答えられなければやっぱりダメだ。優衣は、それはそうだろうと言うだろう。白を黒とは言わないさ。そうさ、まだそんな意味など、わかるわけはない……と言い合い、笑う。私はこの優衣が自分の分身のように愛しくて、とても可愛い。この子はすべてを知り、それを受け止めているから何でも話ができるのかもしれない。私は優衣に話す。

「ババは美里にも優衣と同じように何でもしたし、かわいい服も飾って着せて、本当に今の優衣と同じようにして育てたんだ。人間は一人一人性格があり、この子にはこの育て方、またこの子にはこの育て方と使いわけはできないのだ。それが性格だからこんなことをしない方が良いと思っても、知らず知らずに同じくなってるものだ。優衣も先のことはわからない。美里のようにならないとは言えないが、一度立ち止まって見ることが大事だぞナ……」と話す。「心配しなくていいの……」。そう、あっけらかんである。心の中は見えないが、とても救われる気持ちだ。私は人生の三分の二は生きてしまった。残りの三分の一も中ぐらいは来ただろう。棺桶に腰ぐらいまでは入っていると思う。

そんなことを考えた時、私は山中さんと知り合ったことで社会と関わりを持つことができ、福祉の恩恵も受けることができたことを思い出した。私は何を返したらと思った時、そうだ私が歩んだ人生を本にしよう。もしこの本が誰か一人にでも目に止まり、自分の人生と、照らし合わせたら、何かの参考にできるのではないだろうか。そんな心が芽生えたのだ。何十年経っても色あせることのない私の心のなかの『安寿と厨子王』のように、この世に残してみたい一冊として。

人間は早いか遅いかの違いだけで必ず死を迎える。そして、骨を残して行く。私の母タエも、何も残すことなく骨を残して天へと旅立った。私は骨はいらない。でも私の人生と母の人生も一緒に残して行きたいと思うのだ。あなたは人生の最後に何を残しますか。

幸子

あとがき

私が本に残してみたいと思うようになったきっかけは、大それたことでもなく、ただ自分の子どもたちに母の人生の生き様を残せればという単純な思いでした。本を出すにはどうしたらいいかもわからなかった私の話を聞いた人から、次々と紹介の輪が広がり、共同文化社や長江ひろみさんと縁を結ぶことができました。そして長江さんからお電話をいただき、私の人生の一部を話したら、ちらちらと書いて少し送ってみてくださいと言われたのがこの本の始まりでした。

ここに書かれている話は、登場人物は仮名であり、一部設定を変えてはいますが、本当にあった出来事です。少しずつ書き進めている中で時代の流れを感じ、私たちが生きてきた社会、そして今の社会、何かが変わったように感じています。人の心まで変わりつつある今、愛とは何か、生きるとは何かを考えました。そして、隆、美里をはじめ、今まで関わりを持ったすべての人たちが私の人生を作ってくれたのだと思います。振り返ってみると、悩み苦しんだ日々も、不思議なことに今は辛い記憶としては残っていません。

努力、忍耐、そして最後に感謝と何事も三が当てはまるような思いがします。この本を通して一人でも多くの人が、人生とは何かを考えるきっかけにしていただければ幸いです。

そして長江さん、一冊の本になるまで想像以上の時間がかかりましたが、私の人生のほんの一ページに最後までお付き合いいただきありがとうございます。感謝しております。

林　幸子

二〇一八年九月

イザリに生まれて

2018年9月25日　初版発行

著　者　林　幸子
発行所　株式会社　共同文化社
〒060-0033
札幌市中央区北3条東5丁目
電話　011-251-8078
http://kyodo-bunkasha.net/

印　刷　株式会社　アイワード

ISBN 978-4-87739-318-2 C0095